La maîtresse de Brecht

Jacques-Pierre Amette

La maîtresse de Brecht

ROMAN

LE GRAND LIVRE DU MOIS

22, rue Huyghens, 75014 Paris
ISBN 2-7028-8581-0

À ma sœur

Des villes

Au-dessous d'elles des égouts
A l'intérieur il n'y a rien et au-dessus de la fumée.
Nous avons vécu là-dedans. Nous n'y avons joui de rien.
Nous nous sommes vite en allés. Et lentement elles s'en vont aussi.

Bertolt BRECHT, *Sermons domestiques*

Berlin-Est

1948

1

IL resta un long moment à regarder défiler les forêts et leurs rousseurs.

A la frontière interzone, Brecht descendit de voiture, entra dans le poste de police allemand et téléphona au Deutsches Theater. Sa femme, Hélène Weigel, se dégourdit les jambes autour de la voiture. Un camion blindé rouillait dans un fossé.

Une heure plus tard, trois voitures noires vinrent chercher le couple. Il y avait Abusch, Becher, Jhering, Dudow, tous membres de la Ligue culturelle. Ils expliquèrent que la presse attendait à la gare et Brecht dit :

– Comme ça, nous en sommes débarrassés !

Il sourit. Hélène sourit, Becher sourit, Jhering sourit un peu moins et Dudow ne sourit pas. Les bras encombrés d'un bouquet de marguerites, Hélène Weigel se tenait droite au milieu des officiels. Tailleur noir, visage osseux, regard sévère, cheveux tirés, elle était souriante et inflexible.

Bertolt Brecht serra quelques mains. Visages blancs. Visages gris. Le couple resta immobile au milieu des manteaux des officiels de la Ligue culturelle.

Tout le monde avait l'air impressionné par ce Brecht au visage rond, avec ses cheveux peignés sur le front à la manière d'un empereur romain.

Voir enfin le grand Bertolt, le dramaturge allemand le plus célèbre revenir sur le sol allemand après quinze années d'exil.

Quand le dernier photographe fut repoussé par un des policiers, Brecht ferma la portière, le convoi de voitures officielles s'éloigna.

Brecht contemplait le goudron de cette route qui menait à Berlin.

On n'entre pas dans la ville mais dans la grisaille.

Graffitis obscènes, arbres, herbes, grandes rivières à l'abandon, balcons pendants, plantes inconnues, chicots d'immeubles dressés au milieu des champs.

La voiture pénétra au cœur de Berlin. Des femmes en foulard numérotaient des pierres.

Il avait quitté la terre allemande le 28 février 1933. A l'époque il y avait des étendards et des croix gammées dans toutes les rues... Aujourd'hui, on était le 22 octobre 1948. Quinze années avaient durement passé. Aujourd'hui, les voitures officielles roulaient vite et doublaient des camions soviétiques et des passants rares et mal habillés.

Brecht baissa la vitre et demanda au chauffeur d'arrêter. Il descendit, alluma un cigare et contempla ces ruines. Il y avait un vaste silence, des blancheurs de murailles, des fenêtres noircies, d'innombrables bâtisses écroulées. Le soleil du soir, le vent ; beaucoup de curieux papillons ; des batteries démantelées ; un blockhaus.

Brecht s'assit sur une pierre puis écouta le chauffeur lui dire que si des financiers s'y mettaient, on pourrait reconstruire la ville plus vite et Brecht pensa que, justement, c'étaient des financiers qui avaient flanqué la ville par terre. Il remonta dans la voiture, des murs jetaient de longues lames d'ombre à l'intérieur du véhicule.

Des kilomètres de décombres, des verrières fracassées, des voitures blindées, des barrages, des soldats soviétiques devant des chevaux de frise et des barbelés. Certains immeubles ressemblaient à des grottes. Cratères, énormes étendues d'eau et encore des ruines, des espaces vides, immenses, avec, parfois, quelques passants regroupés autour d'un arrêt de tramway.

Le personnel de l'hôtel Adlon regardait son arrivée par les fenêtres.

Dans la grande chambre, Brecht ôta sa gabardine, sa veste. Il se doucha, choisit une chemise dans la valise. Quatre étages plus bas, la terre allemande.

Il y eut un discours d'accueil dans le salon de l'hôtel. Pendant qu'on le remerciait d'être ici, Brecht s'assoupit légèrement ; il pensait à un conte allemand très ancien qu'il avait lu au lycée d'Augsbourg et qui lui était revenu en mémoire pendant son séjour en Californie. Une servante avait remarqué un esprit familier qui s'asseyait près d'elle au foyer, elle lui avait fait une petite place et s'entretenait avec lui pendant les longues nuits d'hiver. Un jour, la servante pria Heinzchen (elle nommait ainsi l'esprit) de se montrer sous sa véritable identité. Mais Heinzchen refusa. Enfin, après avoir insisté, il y consentit et dit à la servante de descendre à la cave où il se montrerait. La servante prit un flambeau, descendit dans le caveau et là, dans un tonneau ouvert, elle vit un enfant mort qui flottait au milieu de son sang. Or, de longues années auparavant, la servante avait mis secrètement un enfant au monde, l'avait égorgé, et l'avait caché dans un tonneau.

Hélène Weigel tapota l'épaule de Brecht pour le sortir de sa torpeur ou plutôt de sa méditation. Il se redressa, fit bonne contenance et pensa que Berlin était un tonneau de sang, que l'Allemagne, depuis son adolescence, en pleine guerre de 14, était aussi un tonneau de sang et qu'il était l'esprit de Heinzchen.

Du sang avait été versé dans les rues de Munich et l'Allemagne moderne avait rejoint les flots de sang qui coulaient dans les vieux contes germaniques. Il était revenu dans la cave et il voulait, avec sa modeste raison, désormais, sortir l'enfant, l'éduquer, laver à l'eau froide ce sang qui restait sur les dalles de la cave. Goethe avait ainsi fait avec son *Faust* ; Heine avec son *De l'Allemagne*, la tache était plus large que jamais ; la mère Allemagne était à demi asphyxiée.

Par les fenêtres, il voyait des femmes en grosses chaussures numéroter des pierres. Il n'y avait plus de rues, mais des routes et des nuages.

Plus tard, dans un salon du club de la Ligue

culturelle, il y eut un petit discours intelligent de Dymschitz.

Brecht regarda, amusé, Becher, Jhering et Dudow. Quel trio mal assorti et amusant, pensa-t-il à travers la fumée de son cigare. Il avait devant lui ceux qui avaient la mission de guider l'Allemagne de l'Est vers les conceptions grandioses de la Fraternité artistique. Deux d'entre eux avaient été des compagnons de sa jeunesse. Désormais ils étaient devenus des « camarades ».

Imaginez trois hommes en pardessus sombres avec des chemises blanches et des cravates à pois. Eux, dans la grande salle du club de la Mouette, habillés dans des costumes coupés dans un affreux coton soviétique. Dymschitz lisait trois feuillets gris. Il était raffiné comme un professeur d'université qui, passé recteur, surveille sa ligne pour séduire des jeunes femmes.

A ses côtés, Johannes Becher. Il n'avait pas changé. Lunettes rondes aux verres de myope : il avait gardé tendresse et gentillesse. Becher, lui, se souvenait du jeune Brecht, maigre, pas content, le chapeau sur la tête, un cigare noir à la bouche. Les pieds sur une chaise, en train de lire ou plutôt de froisser les journaux berlinois, satisfait d'avoir réussi à gagner très vite beaucoup d'argent avec *L'Opéra de quat'sous*. Brecht apprenait « l'économie de guerre » dans un petit livre cartonné bleu, se promenait avec des dessins anatomiques, voulait acheter une hache pour fendre les têtes molles qui dirigeaient les grandes scènes berlinoises. Il courait après les tramways, montait sur les toits des théâtres avec une danseuse à chaque bras. Il offrirait au public des luttes sociales gigantesques. Le problème ? Il n'avait pas encore eu le temps de lire Marx, mais il croyait dur comme fer au marxisme, comme à un immense réservoir d'idées pour des comédies. Et Becher, au fond, pendant que Dymschitz lisait son discours d'accueil, se demandait si le vieux Brecht, aujourd'hui, avait caché une hache sous son manteau. Briser le crâne des écrivains officiels de la RDA...

Johannes Becher, devenu haut responsable culturel de la zone, pensait au manteau de cuir impeccable du jeune Brecht. Il se demandait si, maintenant, la peau de Brecht était devenue assez épaisse pour affronter les « camarades » experts en opinions marxistes, les « spécialistes » qui dirigeaient la redoutable Union des écrivains.

Hélène Weigel se souvenait, elle aussi, de Becher. Pour elle, ce qui avait changé chez

Johannes, c'était le dos : droit, une surveillance du corps digne d'un officier. Autrefois, il envoyait des noyaux de cerises dans les chevelures des actrices, paresseusement allongé dans un hamac. Hélène pensa : Je m'entendrai mieux avec Becher que Brecht.

Plus pâle, la tête assez ronde, lisse, le regard fouineur, isolé, lucide, raffiné, Herbert Jhering lut un discours bref. Il tournait les feuillets et lisait sa petite écriture ronde avec courtoisie et distance. Le discours était plein de formules aisées, agréables à entendre.

Brecht se souvenait que, jadis, il lisait les critiques théâtrales de Jhering comme on écoute le diagnostic d'un médecin qu'on estime. Jhering était déjà le plus estimé et le plus craint des critiques.

En vieillissant, il avait pris une allure de diplomate. Mais le regard avait perdu de sa vivacité. Il n'avait pas fait longtemps antichambre pour être dénazifié. On manquait d'intelligences d'un tel niveau pour rebâtir une politique d'éducation populaire. Tandis qu'il débitait son compliment à Brecht dans une langue étincelante, l'air resta froid dans la salle. Il acheva de sa voix voilée, calme et douce. Puis il étendit sa main gauche et la posa sur l'épaule de Brecht pour lui rappeler qu'il l'accompagnait depuis ses débuts. De sa main, il touchait la sainte substance de leur jeunesse. Il y eut un autre discours.

Hélène Weigel, qui écoutait, pensive et un peu fatiguée, inclina la tête vers Brecht et lui murmura à l'oreille :

– Qui est ce gros, là, qui garde son chapeau à la main ?

Elle désignait celui qui, massif et le front dégarni, couvert de sueur, portait une veste étroite et mal boutonnée. Il avait des boutons de manchettes énormes de boutiquier vulgaire et se tenait au garde-à-vous, comme s'il voyait la Vertu allemande éclairer la pièce de sa lumière aveuglante.

– Dudow ! cette crapule de Dudow ! répondit Brecht.

Lui aussi, Slatan Dudow, avait travaillé à Berlin dans les années vingt, lui aussi était un compagnon de l'âge d'or. De la Grande Bringue, du miraculeux Berlin des filles faciles, des plaisirs obtenus du bout des doigts dans l'argent frais qui sortait des caisses de théâtres au bord de la faillite.

Ce Bulgare avait travaillé sur le scénario du

film *Kühle Wampe*, vers 1926 ou 1927. Il avait guidé Brecht en 1932, dans un Moscou déjà soumis aux surveillances policières. Brecht pensa : Doit fournir le travail artistique convenable et attendu... ramollissement probable du cerveau... doit être le premier à l'épreuve de la lèche politique...

Il sourit à Dudow. Tout le monde applaudit quand Becher étreignit Weigel et Brecht.

On servit du vin blanc.

Plus tard, à l'Adlon, le téléphone sonna (un énorme et antique appareil qui semblait venir des surplus de l'armée soviétique), mais ce fut la Weigel qui répondit. Tout le monde voulait voir Bertolt : Renn, Becker, Erpenbeck, Lukács.

Un garçon d'étage apporta un plateau couvert de télégrammes de félicitations. Derrière la fumée de son cigare, Brecht gardait un regard ironique et placide.

La nuit tomba.

Brecht resta assis seul dans sa chambre. Il contemplait son nouveau laissez-passer.

2

LES services météo de l'armée soviétique étaient installés dans un ancien hôtel particulier de la Luisenstrasse, pas loin du club de la Mouette où tous les représentants officiels de la culture venaient bavarder, lire les journaux et se donner les nouvelles. Derrière le terrain vague, se trouvaient quatre baraquements de l'administration militaire soviétique. Ils regroupaient à la fois un service des visas, plusieurs bureaux de Radio Moscou et des services annexes qui ne cessaient d'entasser de gros volumes de rapports qui arrivaient, par camions, de l'ancien ministère de la Luftwaffe.

Munie de sa convocation, Maria Eich pénétra dans le second baraquement, celui qui avait des fenêtres grillagées, et poussa une porte en bois, avec une vitre. Elle se retrouva dans un couloir avec des ampoules faibles et plusieurs chariots qui supportaient de vieux magazines *Signal* et des dossiers usagés avec, dessus, des étiquettes de cahiers d'écolier couvertes d'inscriptions en caractères cyrilliques à l'encre violette.

Maria avança. Elle était vêtue d'un imperméable gris. Pâleur de son visage. Par une porte entrouverte, on voyait une femme en tailleur gris austère, avec un chignon. Elle feuilletait des paperasses.

– S'il vous plaît ? le bureau de Hans Trow ?...

Sans répondre, la femme se tourna vers Maria et indiqua le fond du couloir.

Grillages serrés devant deux fenêtres. Deux soldats soviétiques s'effacèrent pour la laisser passer. Vieilles cartes militaires et plans de Berlin provenant de l'ex-ministère de la Luftwaffe, portes avec de curieux verrous en acier, panneaux de contreplaqué posés contre les cloisons hachurées au crayon gras de menuisier : tout cela suggérait les travaux, l'improvisation, la pauvreté, avec les éclairages insuffisants d'ampoules nues suspendues à des fils torsadés tenus par des clous.

Quand elle pénétra dans la pièce simplement éclairée par la fenêtre grillagée, une fille était juchée sur une échelle et sortait des classeurs d'un panier à linge pour les glisser sur une étagère.

Hans Trow, en pull de montagne à col roulé, blond, d'allure sportive, se massait le cou en feuilletant des rapports rédigés en russe. Il annotait certaines pages à petits gestes précis et rapides. Des odeurs de colle, des reliures séchées. La fille, juchée sur l'échelle, redescendit et scruta le visage de Maria au passage.

Hans tendit la main :

– Maria Eich ?

– Oui.

Il approcha une chaise et la disposa de telle manière que Maria restât face à la lumière de la fenêtre et que lui soit en contre-jour. Puis, après avoir congédié son assistante, il parla d'une voix mi-indolente mi-ironique :

– Mon nom est Hans Trow. Je m'occupe de la circulation interzone des personnes.

Il souleva une liasse de bulletins d'informations économiques et tira du dessous un dossier sous reliure toile qu'il feuilleta. A l'intérieur, agrafés, des feuillets tapés à la machine et des carbones froissés.

Hans Trow se leva, vint s'appuyer sur le devant de la table. Il demeura immobile et souriant.

Puis il leva lentement ses yeux et, se renversant un peu en arrière, scruta cette jeune femme au ravissant visage. Il remarqua qu'elle avait les cheveux bien lavés, le teint très pâle, et surtout qu'elle changeait ses mains de position. Hans Trow n'éprouvait aucun plaisir à mettre dans l'embarras cette jeune femme. Il trouva que, pour une comédienne, ce visage était d'une étonnante clarté. A quoi donc songeait Maria Eich ? Son air modeste et un peu triste surprenait Hans car il ne collait pas avec le dossier transmis de Vienne où l'on parlait de Maria Eich comme d'une comédienne brillante et racée, « pleine de vigueur, avec un grand penchant pour la mondanité ». Enfin, Hans saisit un dossier de toile beige, prit dans un tiroir un gros crayon de bois marron, et feuilleta le dossier en parlant sans affectation ni animosité :

– C'est un beau nom, Maria Eich.

Il n'éleva pas la voix tandis qu'il tournait les pages du dossier en marquant, de son crayon marron, une petite croix devant certaines phrases tapées à la machine. De son côté, Maria Eich répondit à une première série de questions sur son enfance, son passé viennois, les débuts de sa carrière, en se demandant pourquoi cet officier de renseignements parlait d'une voix si monotone, un débit qui ne s'accélérait pas ni ne ralentissait. Elle trouva que sa courtoisie un peu lasse était inquiétante. Elle sentit une pointe de raillerie quand il lui demanda pourquoi elle était la « protégée » d'un homme aussi important que Dymschitz.

– Vous êtes sa protégée, répéta-t-il. Sa protégée... Le camarade Dymschitz dirige tout le secteur culturel... Vous connaissez Dymschitz depuis cinq mois... Où l'avez-vous rencontré ?

Maria, pendant l'interrogatoire, avait l'impression que l'officier qui s'était présenté sous le nom de Hans Trow (comme on claque des talons dans les casernes prussiennes) détenait toutes les preuves de la complicité de sa famille avec le milieu nazi viennois, puisqu'il avait sous les yeux les deux cartes de membre du parti national-socialiste de son père, Friedrich Hieck et de son mari, Günter Eich. Hans Trow avait tourné les pages du dossier en donnant des détails sur la situation précaire de son père, réfugié en Espagne, et de son mari qui résidait, lui, au Portugal sous une fausse identité que les services de renseignements est-allemands connaissaient parfaitement.

Après avoir longuement évoqué le destin d'un père et d'un mari, tous deux qualifiés de « cinglés nazis » dignes d'être enfermés dans un « asile d'aliénés », Hans, de son regard franc, net, droit, lui proposa ce qu'il appelait « une garantie générale sur l'avenir ».

Très posément, au lieu de pratiquer le jeu des questions et des réponses (Hans possédait toutes les réponses sur les feuillets), il proposa à Maria de travailler à « changer l'histoire » de ce pays. Il parla immédiatement citoyenneté, traitement, salaire, protection médicale, approvisionnement, logement décent et promotion artistique. Comme dans un film où un joueur, au casino, place tout ce qui lui reste d'argent sur le rouge, Maria s'entendit accepter tout. Si elle ne le faisait pas, elle serait obligée de fuir à travers ponts, rues, chicanes, et de gagner le secteur occidental pour tout simplement se retrouver devant des officiers américains lui jetant à la figure un amoncellement de preuves accablantes du passé nazi de son père et de son mari. Sa situation serait encore plus précaire dans l'Allemagne de l'Ouest ; elle serait trimbalée d'une caserne à un affreux théâtre aux armées, ne bénéficiant d'aucun appui et d'aucune protection. Elle n'aurait aucune sécurité pour sa petite fille. Elle serait soupçonnée, guettée, surveillée, elle serait la proie des maquereaux. Elle imagina des tentatives de corruption sans fin. Que de scènes humiliantes à nouveau. Elle se voyait sans un sou et la honte attachée à son nom alors qu'ici, Dymschitz, le responsable culturel de la zone soviétique, était son « ami ». Petits bruits vifs du briquet de Hans Trow qui allumait une cigarette et jouait avec. Elle l'entendit dans un brouillard lui assurer :

– Vous avez été la maîtresse de Dymschitz.

Elle tourna une mèche de cheveux autour de son index.

– Vous voulez le savoir ? Non, je n'ai pas couché avec Dymschitz...

– Bien, bien, bien.

Il se racla la gorge.

– Ça viendra...

C'est à ce moment-là que pénétra dans le bureau un homme de trente ans environ, rondouillard, cheveux collés par de la brillantine, le col de chemise froissé, un gilet à l'ancienne avec des boutons qui manquaient. Il épongea la sueur de son front avec un gros mouchoir à carreaux. Il marmonna un vague bonjour à Maria, comme on présente ses condoléances. Il chercha une chaise et en trouva une derrière plusieurs dossiers sur les attributions de charbon et la réutilisation des stocks de gants et de bottes.

Avec son costume froissé et sa cravate noire, genre ficelle sur un col élimé d'un blanc douteux, celui que Hans Trow présenta comme Théo Pilla, son assistant, ressemblait à un portier d'hôtel berlinois d'avant-guerre. Ses cheveux graisseux lui donnaient l'air d'un mort qu'on a retiré de l'eau. D'un ton désenchanté, Théo Pilla, sans prêter attention à la visiteuse, marmonna :

– Les sempiternelles conversations sur le blé et le charbon avec les dirigeants de la CVJM, la Christlicher Verein Junger Männer, commencent à m'épuiser...

Il sortit un papier bleu froissé de sa poche et le déplia en toussotant et dit :

– Connais-tu ce Dietrich Papecke ?

– Non, dit Hans, agacé d'être interrompu.

– Faudra que j'y fasse un brin de causette, sinon il retournera buter les patates du côté de Schwerin.

Hans tapota un doigt perplexe et fit les présentations :

– Théo Pilla, Maria Eich...

– Vous êtes la comédienne ?

– Oui, dit Maria.

Théo considéra cette femme menue avec un foulard sagement posé sur son manteau, ses cheveux délicieusement blonds et frisés. Il se sentit embarrassé devant cette jolie femme qui cachait sans doute son inquiétude par une grande froideur anxieuse. Pendant que Hans parlait, Théo glissa un morceau de carton sous une fenêtre qui laissait passer la pluie ; puis il essuya les filets d'eau avec un coin de sa veste.

Hans reprit :

– Vous n'avez donc pas de relations privilégiées avec lui. Vous savez que nous le savons. La solitude où vous êtes...

– Vous vous trompez, je ne me sens pas seule.

– Mais...

– Non, je ne suis jamais seule.

– Pardon ?

– C'est la stricte vérité, reprit Maria, je ne me sens jamais seule, jamais !

Il y eut un flottement. Hans Trow retint son sourire et se demanda comment on pouvait entrer en contact avec elle, comment briser sa jolie petite armure d'orgueil.

– Vous savez pourquoi vous êtes convoquée ici ?

– Non.

– L'idée que nous avons pourrait se formuler comme ceci : nous devons reconstruire ce pays avec des gens de foi. Nous ne pouvons pas nous permettre de revenir à Weimar...

La pluie diminua progressivement et il n'y eut plus qu'un vague ruissellement dans une gouttière. Théo Pilla rangeait machinalement des tampons en caoutchouc et dit :

– Nous ne sommes pas revanchards. Au contraire, nous pensons que la nouvelle Allemagne doit atteindre une maturité, valider de nouveaux principes et nous voulons que les comédiens manifestent une passion politique, comprennent nos intérêts, soutiennent les éléments positifs contre tout le fatras réactionnaire qui encombre encore les esprits. Vous comprenez ?

Hans reprit :

– L'état d'esprit, le contrôle de l'état d'esprit... Vous comprenez ? Cela va dans le sens de ce que vous souhaitez et de ce que souhaite le camarade Dymschitz... Oui ?... La libération de l'Allemagne... Elle est venue militairement... mais elle se décide aujourd'hui politiquement... elle passe par vous, par nous...

Théo vint s'asseoir près de Maria.

– Nous reconstruisons la vraie Allemagne. Il

n'y aura pas de chômeurs, pas de gens humiliés, pas de provocations, pas de dénonciations mais nous devons être vigilants. Vous serez une militante. Vous serez des nôtres. Nous ne reconstruirons pas une Allemagne militariste... Dans l'autre Allemagne, la moitié des nazis criminels préparent la revanche... Ils mangent déjà des bretzels tout chauds avec les généraux américains et sont prêts évidemment à crier justice en brandissant leur tablier de boucher ! Dans notre système, nous avons besoin d'une avant-garde qui influence et éduque nos camarades, rende les cœurs purs, donne du travail, du pain, de la dignité... Vous devez nous aider !... comme vous devez écouter Brecht. Vous serez sa confidente. On finira bien par savoir qui il est !...

– Vous vous méfiez de lui ? dit Maria, interloquée.

– A vrai dire, nous n'avons absolument rien contre lui. Nous aimerions savoir – et nous finirons bien par le savoir – qui il est. Est-il un vrai « camarade » ? Il a choisi les États-Unis...

Théo s'interrompit et sortit un horrible petit cigare.

– Vous avez un enfant à Berlin-Ouest...

– Lotte vit pour l'instant chez sa grand-mère.

– Où ?

– Dans le secteur américain, au-delà de Charlottenburg.

– Oui, j'ai l'adresse. Pourquoi est-elle à l'Ouest ?

– Lotte a de l'asthme. Les Américains ont de bons médicaments... contre l'asthme.

– Alors, c'est bien, dit Hans. Vous pourrez voir votre fille Lotte quand vous voudrez.

Il ouvrit le placard et sortit d'une boîte de craies deux documents. Un laissez-passer de carton gris barré de rouge pâle et un reçu à signer.

Quand Maria signa le reçu avec le stylo de Hans, Théo dit :

– Vous faites partie de la famille, maintenant.

– Vous aurez un logement et une loge personnelle au Deutsches Theater, ajouta Hans.

– Il faut que nous sachions qui est Brecht... A quoi il pense.

Maria leva ses yeux pâles et se troubla.

– Mais... Mais...

– Il suffit que vous vous placiez auprès de Brecht. Vous verrez, Brecht viendra vous chercher le soir dans votre loge, vous n'avez qu'à lui ouvrir la porte... Parfois vous devrez l'écouter, parfois lui poser quelques questions. Vous savez qu'en face, les Américains c'est la guerre, de nouveau, qu'ils préparent. On veut savoir qui il est. Autant de temps passé en Californie... Il a quitté l'Allemagne depuis si longtemps... Il a quitté l'Europe depuis si longtemps... Allez savoir qui il est. Allez savoir. C'est un grand esprit, mais il a pu changer. Sa place est si importante, sa grandeur spirituelle est-elle au niveau de la tâche que nous lui confions, c'est ce que nous voulons savoir. Vous nous aiderez.

– Pourquoi moi ?

– Tout le monde doit avoir une mission dans notre nouvelle société pour éviter le retour des horreurs nazies. La guerre continue, Maria Eich...

– Il n'y a rien de mal à vivre auprès d'un grand homme, dit Théo en rallumant un cigarillo.

– Vous avez quelqu'un dans votre vie ? demanda Hans.

– Personne.

– Bien...

Maria inclina la tête en signe de perplexité.

– Si vous voulez du café, du sucre, du bois de chauffage, des couvertures, de la viande, des couverts d'argent, un joli lavabo, vous demandez...

Théo posa son crayon.

– Il n'est pas question que vous soyez une personne inutile dans notre société. « Des cœurs ardents et purs », répéta Hans Trow, voilà ce qu'il nous faut.

– Tout s'arrange avec de la bonne volonté, ajouta Théo Pilla.

Avant qu'elle franchisse la porte du bureau pour sortir, Théo Pilla lui donna une adresse sur Schumannstrasse pour qu'elle passe une radio des poumons. Il y avait tant de tuberculose, le manque de lait, de viande, la misère.

Le lendemain, près d'un canal, à l'abri de l'averse sous un immense tilleul, l'officier Hans Trow entretenait Maria des nouvelles données géopolitiques engendrées par la partition de l'Allemagne et le réarmement catastrophique imminent de l'Allemagne de l'Ouest. Il sortit de sa poche un document officiel en langue anglaise, une copie confidentielle du séminaire qui s'était tenu au monastère d'Himmelrod, dans la région de l'Eifel, au cours duquel d'anciens officiers nazis avaient prévu de mener une « défense » offensive de la RFA vers la zone soviétique....

– Une défense offensive... vous comprenez, Maria ?

Hans disait :

– Tout Berlin marche en haillons ! A la place de tonnes de charbon, quelques maigres planches arrachées aux parquets des anciens ministères du Reich et qui brûlent dans de rares braseros. Tout ce qui touche au charbon, à l'essence, à la circulation et à l'arrivée des denrées alimentaires de première nécessité dépend des Russes. Nous dépendons des Russes. C'est Moscou qui décide.

– Est-ce Moscou qui décidera de notre théâtre ? demanda Maria.

– Pourquoi demandez-vous ça ? C'est la chance inespérée de notre grande et nouvelle fraternité, dit laconiquement Hans Trow.

Assis sur le banc à côté de Maria, Hans était un délicat professeur qui apprend à son élève que le monde est partagé en bons et méchants et que le champ de bataille est là où elle est. Maria doit se convaincre qu'elle est au milieu des meilleures troupes, il ne faut pas que le pays retombe dans les mains d'une bande de criminels et elle doit tenir sa place dans le combat.

– Il ne faut pas avoir peur, ajouta-t-il. Les artistes ont eu une très lourde responsabilité dans l'installation des nazis. Ils ont eu peur devant les braillards SA de la rue, ils ont capitulé et sont restés dans leurs loges à se maquiller. Une génération de marionnettes. Maria, vous ne serez pas une marionnette !...

Il y eut un silence et Hans murmura, comme s'il s'agissait d'une confession improvisée : « Nous sommes toujours prisonniers de la pensée bourgeoise. Cela va changer... »

Hans lui expliqua également que des actions militaires visaient Berlin-Est.

Entre un simple militantisme artistique et être une nouvelle recrue de la Sécurité d'État, il y avait un pas. Elle le franchit.

Sentant que sa future recrue était un « cœur ardent et pur », Hans Trow lui posa l'imperméable sur les épaules. Il sourit. Il la déposa au club de la Mouette.

3

En pénétrant dans la salle à manger du club de la Mouette, Maria Eich regardait tout avec curiosité. Vêtue d'un long manteau noir avec un col en astrakan, elle se dirigea vers la table du maître. Brecht, lui, ressemblait à un paysan enrichi qui a pendu sa casquette à une branche de pommier.

Il fermait les yeux et dégustait son cigare. Il écouta Caspar Neher, son fidèle décorateur, le plus ancien et le plus fidèle des amis, puisqu'ils s'étaient connus au lycée d'Augsbourg en 1911, et ne s'étaient jamais quittés. « Cas », comme l'appelait Brecht. Pour l'instant, il lui montrait plusieurs photographies de la mise en scène d'*Antigone* à Coire, en Suisse. Paravents recouverts de toile rouge, accessoires et masques accrochés à un râtelier, impression de vide et lumière plate. Brecht considéra avec une particulière attention les crânes de chevaux en carton bouilli.

– Éclairage net et uniforme.

Il saisit deux clichés où l'aire barbare du jeu était cernée de pénombre.

– Non ! plus net ! plus uniforme !

– La pénombre est mieux derrière les poteaux et les crânes de chevaux, dit Caspar Neher.

– Non. L'éclairage froid aidera les comédiens...

Caspar Neher, d'un geste de l'index, cerna l'arrondi brumeux qui passait derrière les poteaux.

– Et là ?

– C'est déjà trop crépusculaire, précisa Brecht. Le public n'a pas à se poser de questions autres que celles que se posent les personnages sur le plateau. Cas, tu dois ôter ce côté crépusculaire qui cache la toile du fond. Il faut la voir, cette toile. Pas de trou noir. Pas de rêverie. La lumière froide et dure. Dans toute cette pénombre, on pourrait penser qu'il y aura des crimes, des intrigues, des gens cachés. On peut y égorger quelqu'un ou rêver à une forêt en marche. Non !

Brecht se tourna vers Maria et la prit à témoin :

– Les comédiens du théâtre du Globe de Shakespeare n'avaient que la lumière froide de l'après-midi londonien !

La lumière latérale d'une fenêtre baignait le haut du visage de Brecht. Il parlait avec un accent bavarois, assez rocailleux et lent.

Son évocation du futur théâtre réveillait en lui toutes les bonnes choses de l'existence qu'il avait vécue à Berlin dans les années vingt, au temps de sa consécration et du vigoureux succès de *L'Opéra de quat'sous*. Il reprit :

– Regardez la rue, dit Brecht à la cantonade, comme s'il n'avait pas entendu Neher, c'est si près de nous que beaucoup de gens ne la remarquent pas, la rue... la rue...

Il s'adressa à Maria :

– Pour la connaissance du théâtre, dit Brecht, aucun besoin de poésie.

Il ajouta :

– Il suffit de garder le contact avec les rues. Rues pauvres, rues riches, rues vides, rues pleines !

Plus tard, dans la voiture, Brecht prit quelques notes. Il lui semblait que toutes les Berlinoises avaient vieilli. Sa main tremble, la ville défile, les échappées sur le canal, vitres brisées d'usines, murs sombres, décharge. La voiture, les passants, les avenues, les gares désolées, rejoignent des morts.

– Ton maquillage de scène devrait être plus léger, plus chinois. Moins d'expression dans ton visage. Je t'expliquerai...

Ils atteignirent la Schumannstrasse, proche de la salle de répétition. La Stayr noire s'arrêta devant le portail d'une ancienne clinique.

Quelqu'un sortit un Leica – Caspar Neher. Ils pénétrèrent dans une ancienne cour voûtée, assombrie par une galerie vitrée aux carreaux cassés. Le petit groupe, Brecht aux côtés de Maria, se serra et se tint immobile pour la photo de famille. La brume dorée ciselait les feuillages. Sentiment d'espace chaud. Moments de flottement en groupe. Vacance subite. Vitesse de rotation de la planète à demi morte, elle apporte les rivages dorés du passé, les espiègleries des générations disparues.

– Je vous présente ma prochaine « Antigone » ! dit Brecht. Maria Eich !

Weigel vint vers Maria avec un visage aussi net qu'un mur blanc et dit : « Une Viennoise comme moi. » Jeune, saine, pensa-t-elle. Un agneau pour le loup. L'air coquet, le nez mutin des jeunes femmes qui accueillent avec lassitude les hommages des hommes. Elle a de beaux cheveux souples, moi des cheveux gris. Elle est jeune, moi vieille ! Encore une affaire qui sera vite expédiée... ça ne durera pas longtemps.

Hélène dit sèchement :

– Répétitions lundi !

Pendant trois jours, Brecht présenta Maria à tous ceux qu'il rencontrait :

– Voilà Antigone ! Elle s'appelle Maria Eich...

Champ de gravats. Berlin ressemblait à une plage déserte. Un soir, au café Berndt, Brecht tira un carnet de sa poche et traça au stylomine un cercle avec des poteaux bizarres. Il prit un dessous de verre et crayonna des crânes de chevaux.

– Voici l'aire de jeu d'Antigone.

Il hachurait l'intérieur du cercle.

– Vous jouerez ici. Les autres comédiens seront assis sur des bancs. Là.

Plus tard, en revenant des toilettes, il se rassit, gribouilla un autre dessin, poilu, obscène. Ce genre de dessin qu'on trouve sur les portes des WC.

Il éclata de rire.

Le lendemain, ils remontèrent la Charité-strasse. Brecht marchait pesamment, le trottoir lui appartenait. C'était un paysan qui revient à sa ferme. Il s'assit soudain sur un banc. Il ferma sa main sur la main de Maria. Le soleil projetait l'ombre de Brecht sur les briques d'un long immeuble crasseux. La silhouette de Brecht était lourde. Il ôta ses lunettes pour les nettoyer avec son mouchoir. Maria prit lunettes et mouchoir. Elle essuya et découvrit la fatigue, les yeux un peu rouges, les cernes qui dénotaient peut-être une maladie cardiaque ou tout simplement l'approche de la vieillesse. Brecht dit :

– Toutes les Antigone, jusqu'ici, appartiennent au passé, parlent du passé. Vous allez être la première qui parle de nous... sans faire d'hellénisme esthétique et petit-bourgeois. Comment enterrer nos fils allemands ? Comment ?

Maria ne comprit rien à ce qu'il disait.

4

TANDIS que Maria se familiarisait avec les salles de répétition du Deutsches Theater, tandis qu'elle aménageait son appartement, qu'elle participait à tous les repas avec les comédiens autour de Brecht au club de la Mouette, Hans Trow, lui, s'était plongé, nuit après nuit, dans les dossiers transmis par le centre de Moscou. Il lui arrivait de monter au dernier étage du bâtiment, de prendre un couloir qui se rétrécissait et qui menait sous les toits à une cellule fermée par un cadenas dont seul Hans possédait la clé. A l'intérieur, murs au papier peint auréolé d'humidité, plâtre délabré, un vieux poste de radio, des piles et des piles de dossiers rédigés en russe que Hans déplaçait, ouvrait, parcourait ou remettait dans une armoire métallique.

Des nuits durant, Hans Trow s'asseyait sur le

tabouret et consultait, classait, feuilletait, annotait, épinglait ces notes émises par Moscou. Il y avait un énorme matériel sur les habitudes de Brecht, ses fréquentations, son intérêt si particulier pour le combat des savants atomistes contre l'État, la manière dont il se procurait de l'argent auprès d'une banque suisse qui était aussi celle du cinéaste Fritz Lang, la manière dont Brecht découpait les pages des magazines, ce qui concernait les réformes agraires en Union soviétique, sa méticuleuse vigilance pour noter les actes de corruption des bourgeoisies européennes qui avaient collaboré avec l'Allemagne hitlérienne, sa bizarre fascination pour ce qui concernait les recherches nucléaires, sa manière de découper dans les revues scientifiques ce qui se rattachait à la physique quantique, son inquiétante virulence contre le monopole des militaires, aussi bien en Union soviétique qu'aux États-Unis, et aussi – ce qui faisait sourire Hans Trow – ses notations lubriques sur les comédiennes américaines, sa comptabilité sur les prouesses sexuelles de sa maîtresse suédoise, Ruth Berlau, devenue alcoolique.

Tout était donc rassemblé dans une armoire en fer dont seul Hans possédait la combinaison.

Ainsi, en quelques mois de nuits blanches, Hans Trow connaissait tout des différents exils de Brecht. Sa première période au Danemark, à Lindigö, dans la belle maison à toit de chaume, quand Brecht, encore euphorique, optimiste, vantard, consignait dans ses carnets des tas de jugements idiots sur « la clique de Moscou » parce que les grandes scènes soviétiques jouaient des auteurs qui lui déplaisaient dans des mises en scène qu'il qualifiait de « triste camelote ». Puis il y avait eu le déménagement vers la Suède, puis la maison au milieu des bouleaux en Finlande, avec la crainte de ne pas obtenir de visa pour les États-Unis, les nuits sans sommeil à écouter la radio et le speaker qui débitait la propagande hitlérienne tandis que Brecht déplaçait les petits drapeaux du front sur la carte murale.

La seule chose que craignait Brecht était sa traversée de l'Union soviétique pour gagner Vladivostok. Sa hantise d'être arrêté à Moscou était évidente, omniprésente : Trow était stupéfait. Le centre de Moscou décrivait un homme de théâtre au marxisme primitif. Cette montagne de paperasses décrivait un esthète plutôt qu'un homme politique, un artiste fasciné par les pièces de gangsters, les romans policiers, les considérations de Luther sur le diable, les manières d'irriguer la Chine ancienne. Parfois, Hans Trow détachait une note et la glissait dans une serviette en cuir qu'il emportait le matin dans son bureau du second étage. Il la passait à Théo Pilla qui, lui, tapotait à deux doigts le contenu de ces notes sur une machine à écrire à long chariot qu'il avait trouvée dans l'ancien ministère de la Luftwaffe. On faisait un rapport pour Becher qui le remettait à Kubas qui gardait ça trois jours sous le coude avant de faire monter cette paperasse dans le bureau du grand, de l'immense Dymschitz, haut responsable culturel pour l'ensemble de la RDA.

Théo Pilla, lui, crachait sur « tout ce nid de théâtreux, tous ces jolis oiseaux de théâtreux, avec leur goût pour un art révolutionnaire » qui devaient « emmerder la classe ouvrière » en jouant *Faust* ou *Iphigénie en Tauride*, pour reprendre ses expressions. Que tout cela est anormalement disparate, pensait Hans Trow, le matin, quand il prenait sa douche dans le bâtiment près du stade devant la cantine. Curieusement, il ne confiait jamais à Théo Pilla les gros classeurs de Moscou qui contenaient les rapports de ceux qui avaient hébergé Brecht en Finlande, ni les invraisemblables notes du FBI accompagnées de photographies floues.

Hans Trow rassemblait et classait aussi les documents fournis par une hôtesse de l'air britannique. Il y avait aussi des papiers qui ne concernaient pas directement Brecht, mais qui avaient été centralisés à Boston par le FBI. Il y avait beaucoup de notes sur les exilés soupçonnés d'appartenir en secret au parti communiste et notamment Frantisek Weiskopf qui avait été membre du PC tchèque.

Pendant deux semaines, la cravate desserrée, Hans éplucha à mesure les notes d'un certain Johnny R. qui avait passé sa vie à courir les cocktails et les « parties » des cinéastes d'Hollywood, surtout Charlie Chaplin et Fritz Lang. Il se faisait passer pour un assistant stagiaire, ce qui ne trompait personne, et s'enfermait dans les toilettes pour noter sur un carnet ce qu'il entendait de ces exilés qui s'étaient tous connus pendant la république de Weimar. Il y avait eu Anna Seghers, l'écrivain communiste, le metteur en scène Erwin Piscator, qui avait toujours eu du mal à s'entendre avec Brecht du temps de *L'Opéra de quat'sous*, et Ferdinand Bruckner, qui avait traduit *La Dame aux camélias* et travaillé avec Hélène Weigel sur une pièce de Hebbel en 1926.

Ce qui faisait sourire Hans Trow, en feuilletant ces notes, c'était d'imaginer Fritz Lang, Brecht, Hélène Weigel descendant Sunset Boulevard. Le soir, ils papotaient sur des toits-terrasses en regardant le crépuscule tomber. Interminables coulées lumineuses de belles voitures... Hans Trow prenait une cigarette et en tirait une profonde bouffée, puis se replongeait dans ces notes. Il voyait Chaplin et Brecht marcher le long du Pacifique. Les ailes blanches de voiliers glissaient à l'horizon. Puis Chaplin et Brecht rejoignaient Groucho Marx et ils écoutaient les résultats de la réélection de Roosevelt tandis que le soleil se couchait sur l'océan.

Ici, la nuit tombait, Berlin bleuissait dans ses lumières tremblotantes. Hans prit une dernière lettre dactylographiée qui se trouvait dans le dossier « Les exilés », et la déplia méthodiquement en tirant de longues bouffées de sa cigarette. Il recopia dans un calepin tous les chiffres des emprunts considérables de Barbara, la fille de Brecht, auprès des banquiers américains. Il acheva sa soirée en dispersant les cendres du cendrier dans le poêle à charbon et en méditant sur les blagues antisémites qui circulaient, selon l'agent du FBI, parmi les artistes. Il éteignit les trois lampes du bureau, puis le couloir, et salua le planton au bas de l'escalier.

Dehors, il pleuvait. La neige fondait.

5

APRÈS avoir terminé de taper le rapport sur sa machine à écrire à long chariot, le gros Théo Pilla sortit la feuille du rouleau. Il relut : « Déjà culpabilisée d'être tombée amoureuse d'un nazi juste bon à faire du bois de chauffage, Maria Eich s'est réfugiée dans le travail et n'a de cesse de devenir la seule et grande comédienne du Deutsches Theater par une sorte de consolation dans le labeur acharné. »

Il eut l'impression d'avoir rédigé une très subtile note de synthèse puis dévora un petit pâté en croûte badigeonné de moutarde. Il but aussi deux verres de bière avec des soupirs de bien-être. Le visage rougeaud, les yeux humides, il observa le crépuscule. De la fenêtre il pouvait voir les phares des camions qui roulaient dans le secteur américain. Pour se détendre, Théo feuilleta *Neues*

Deutschland et tomba sur une photo de Brecht prise devant le Deutsches Theater en compagnie de quelques comédiens. Il pensa : Un paysan comme on en trouve dans les *Contes* de Grimm. Il vous échange une oie borgne contre une vache, en vous faisant croire qu'il s'agit d'une bonne affaire pour vous.

Théo ouvrit sa serviette noire et glissa les derniers numéros du *Neues Deutschland* qui chantaient les louanges de la jeunesse communiste, fer de lance de la nation.

Il sortit. Vent subit chargé de pluie, peuplier malmené par le vent. Il devint spectral dans un tourbillon de feuilles ; le soir, les ruines s'allongent et vident la terre de sens.

C'était après un déjeuner au club de la Mouette que Brecht avait emmené Maria visiter la villa du Weissensee. Cette résidence isolée en forêt, au bord du lac, était construite dans un style néoclassique, avec fronton grec, colonnes, un perron couvert par une marquise qui retenait les feuillages pourrissants chaque hiver.

La Stayr noire roulait dans un chemin boueux.

Ils pénétrèrent à l'intérieur de la demeure

après avoir longtemps cherché la bonne clé dans un trousseau.

Une odeur de moisi, très forte, les surprit. Ils repoussèrent les volets intérieurs couverts de toiles d'araignées, marchèrent sur des parquets couverts de mouches mortes, ils prirent le grand escalier de marbre qui menait au premier et traversèrent de multiples salles obscures. Ils parlaient en baissant la voix, parcouraient les grandes pièces en manteau, restèrent dans le salon d'en bas, assis un moment à regarder les branchages par la fenêtre, à travers d'anciens voilages. C'est alors que Maria l'embrassa. Il s'écarta :

– Ne m'embrasse pas !

Ils se tenaient l'un en face de l'autre. Pas de passé commun. Ce qui se passe sous nos yeux n'est absolument pas ce qui se passe dans nos cœurs. Je vais dormir, marcher, vivre, dormir avec cet homme, pensa-t-elle. Pour Maria Eich, l'Allemagne était un nouveau pays, une suite de collines vertes bordées de forêts de bouleaux, autoroutes détruites, nuages ; pour Brecht, c'était un pays à reconstruire avec de l'argent. Un champ d'expérience, un laboratoire pour une révolution idéologique destinée aux jeunes générations. Ni l'un ni l'autre n'avaient en commun ce pays.

Alors que, parmi les nombreuses pièces vides, tout baignait dans une teinte grise faite de poussière et d'après-midi morne, Brecht s'appuya sur le marbre d'une cheminée. La magnificence assombrie de cette demeure néoclassique, l'or profond et détérioré des vieilles tentures lui prouvaient que Dymschitz et les autres avaient décidé de faire les choses en grand et de le traiter comme l'artiste officiel du pays.

Puis il regarda Maria Eich en train de déguster des quartiers d'orange ; elle avait quelque chose de troublant ; les tranches d'orange disparaissaient dans sa bouche et il pensa : Une petite squaw solitaire. Elle doit vite se recroqueviller dans un divan dès qu'on la déshabille. Il se sentit un somptueux fakir et se dit qu'il était agréable que les comédiennes autour de vingt-cinq-trente ans soient très nombreuses et qu'on puisse les confondre et les baiser, toutes.

Il alluma un cigare. Sa générosité consisterait à utiliser Maria Eich dans une esthétique théâtrale qui la rendrait plus intéressante que la plupart des autres comédiennes. Il n'était jamais honnête au lit (il pensa : « Plumard »), mais il était toujours généreux sur le plateau bien éclairé d'un théâtre et ferait de ce bibelot viennois une formidable Antigone. Elle était le charme même, tous deux mangeraient à la même table, dormiraient dans le même lit et ne penseraient jamais la même chose au même moment. Ce qui serait provisoirement délicieux. Souriante, légère, blonde, le visage pâle, le charme même...

Il fit quelques pas vers le vestibule. Elle avait ôté son manteau pour simplement le jeter sur les épaules. Elle marchait elle aussi, découvrit un ancien débarras au fond d'un couloir. Il y avait des assiettes anciennes qui représentaient des asperges en relief dans la faïence. Il y avait aussi des fourchettes et des petites cuillères dans les tiroirs d'une table de cuisine et, curieusement, des plumes de poule, comme si un enfant, jadis, les avait collectionnées.

Brecht restait silencieux devant une fenêtre et regardait les frênes. Le monde avait changé ; il ne restait de l'Allemagne que des villes ouvertes à tous les vents et des bonnes volontés.

Maria revint avec une assiette bleue.

– Regarde comme elle est belle...

Brecht répondit vaguement.

– Elle est très belle.

– Qui habitait là avant ?

– Avant quoi ?

– Avant nous.

– Avant nous ? répéta-t-il.

Il alluma son cigare.

– Sans doute des crapules nazies.

La remarque étonna Maria. Bertolt Brecht était déjà en train de cogner au carreau pour attirer l'attention de quelqu'un qui circulait dans le jardin.

Soudain, l'après-midi ternit, Maria n'en ressentait qu'un sentiment de décomposition. Elle était inutile, déplacée, une robe qui pend sur un cintre. Elle entendait des paroles, voyait des objets, marchait, mais tout était désordonné, et si on lui avait demandé de parler de ce qu'elle éprouvait, elle se serait décrite comme un être qui vagabonde dans un monde sans consistance.

Brecht remarqua qu'elle était pâle. Un afflux de tendresse le submergea quand il la vit si fragile, si désarmée, là-bas devant la fenêtre. Il la rejoignit alors qu'elle posait sa chaussure gauche dans un rayon de lumière, comme pour en éprouver la solidité.

– Alors, qu'est-ce qui ne va pas ?

Il posa ses lèvres sur le col de son chemisier.

– Vous n'êtes pas devant un tribunal, Maria !..

Plus tard, ils burent du thé après avoir trouvé une bouilloire culottée de calcaire.

Brecht gardait sa casquette vissée sur sa tête. Maria se sentait emportée par des événements qui la laissaient démunie. Lui pensait qu'il était tombé sur une comédienne compliquée. Ils eurent froid. Ils regagnèrent un café isolé non loin de la gare de Friedrichstrasse, un de ces endroits mornes avec une seule grande table ronde, recouverte d'une nappe blanche immaculée. Cette blancheur portait un secret message.

L'endroit était désolé et réconfortant avec son poêle qui ronflait. Brecht sortit un stylo de son manteau, un bloc de papier et dessina un cercle : il était de nouveau avec son Antigone. Maria regardait sa main tracer l'aire de jeu. Dans une ville détruite, il y avait une main qui dessinait, détachée de tout. Le stylo de Brecht allait lentement et formait des lignes parallèles qui se révélèrent être des poteaux ; le stylo resta suspendu. Brecht dit :

– Caspar Neher saura dessiner les crânes de chevaux, moi je ne sais pas.

Ensuite, il but son café, n'attendit pas que Maria ait terminé le sien et dit :

– Nous avons rendez-vous au Deutsches Theater...

Il faisait abominablement froid dehors mais Maria fut soulagée de n'être plus dans la petite salle où flottaient des relents de cigare.

Des colonnes de camions soviétiques défilaient, puis des carrefours, un canal, des ombres, des charrettes, un dépôt de gravats, énorme. Le soir se resserrait lentement, un grondement orageux, un seul, roula au-dessus de la ville. Brecht ralentit et stoppa la voiture devant le porche d'une cour restée à peu près intacte. Quelques manteaux devant un brasero. Une femme agitait un carton pour écarter la fumée âcre et faire rougir les braises.

– Regarde ces pauvres gens, dit Brecht, regarde-les, regarde-les !... Réfugiés dans leur pays, réfugiés dans leur vie dégueulasse, presque étrangers à eux-mêmes... Ce sont des Allemands, ils parlent ma langue... Ce n'est pas rien, parler une langue aussi belle, et ils ne savent pas combien elle est belle... Dans mon théâtre, ils retrouveront au moins leur langue...

Il redémarra.

Non loin du pont de Glienicke, il y eut un contrôle de routine parfaitement anodin mené par quelques soldats soviétiques. Un sous-officier russe traduisit de l'allemand en russe ce que dit Brecht et du russe en allemand ce que lui-même dit. Maria ne put s'empêcher de penser que l'allemand s'avilissait à être traduit en russe et se transformait en un vocabulaire garde-chiourme. Le regard inquisiteur d'un soldat soviétique qui inspectait le contenu de la voiture, le soin méticuleux que mettait le sous-officier à confronter les papiers de la Stayr avec la plaque minéralogique, au lieu d'agacer Brecht, le rendirent de bonne humeur, comme s'il se sentait protégé par ces soldats policiers. Mais pour Maria Eich, ce contrôle lui en rappela d'autres, notamment lorsque son père, dans le petit théâtre Weiss, était entré dans la loge de sa fille pour lui arracher sa chaînette d'or et la croix qui oscillait.

Revenu dans la grande villa de Bad Voslau, vers minuit et demi, il avait perquisitionné la chambre de Maria, retournant le matelas, jetant les tiroirs de la commode sur le tapis, dans une crise d'hystérie, à la recherche de la Bible, des volumes cartonnés des cantiques de Heine. Il avait hurlé qu'il en avait assez d'avoir une fille « ca... ca... ca... tholique », comme « son oie bigote de mère », puis il avait pressé le visage de Maria entre ses mains. Il l'avait obligée à se regarder dans le miroir et lui avait demandé si elle ressemblait plutôt à une sainte ou plutôt à une pute. Ensuite, dans un grand geste théâtral, il avait jeté un missel et un minuscule chapelet dans la cuvette des WC et dit qu'il n'accepterait jamais que sa fille vive agenouillée en train de marmonner des paraboles dans lesquelles le genre humain était considéré comme un troupeau de crétins bêlants, prêts à être menés à l'abattoir.

Oui, tandis que les Russes contrôlaient leurs papiers, prenant leur temps, Maria pensait à cette crise d'hystérie paternelle, au calendrier pendu près de la hotte de la cuisine, au-dessus du vieux radiateur, avec les fêtes catholiques rageusement barrées au gros crayon rouge.

A ce père qui voulait supprimer tout ce qui lui rappelait le monde féminin, les recommandations bibliques, les appels à la vertu et au bien. Quand la voiture redémarra, Brecht demanda à Maria si elle avait envie de jouer aux échecs. Elle n'en avait aucune envie. Elle revivait encore la sauvagerie de son père, les deux heures passées à pleurer dans la salle de bains, comme si la douceur et la solidité du monde étaient parties avec ce qu'il avait jeté dans la cuvette.

6

PARFOIS, après les répétitions d'*Antigone*, Brecht se dégourdissait les jambes en marchant vers le Märkisches Museum. Il observait les transformations du parc qu'il traversait, jeune feuillage acide, chemins d'ombre, branches cassées. Il se disait que la transformation de la société devait être un acte aussi joyeux que la transformation de la nature à chaque saison.

Il se souvenait de la route qu'il aimait, à Svendborg, au sud du Danemark, son ciment mal joint qui menait à une plage lissée par le vent, et l'énigmatique question de la beauté des dunes. Les toutes premières années de l'exil, entre 1933 et 1939.

Il s'abritait dans un creux et mâchonnait une herbe. Un nuage venait, violaçait une partie de la mer ; le ronronnement d'un autocar au loin puis un passage si lent d'autres nuages venus de la Baltique ; de jeunes papillons batifolaient et virevoltaient parmi les bouquets d'ajoncs. Des mouettes piaillaient autour d'un paquet de plumes disséminées par le vent. Le ciel plus vaste, limpide, annonçait un changement de temps...

Il se souvenait des premiers mois de l'exil, au Danemark. Ils avaient été marqués par deux événements heureux : l'achat d'une jolie maison au toit de chaume, face à la plage du village de Svobostrand, et surtout, c'était l'année au cours de laquelle il avait connu la flamboyante Ruth Berlau, épouse d'un riche industriel de Copenhague qui avait fondé un théâtre ouvrier communiste. L'époque des soirées parmi les pins, les criailleries des enfants, les verres levés, la longue table de chêne sur l'herbe, les « peuples frères », les amis artistes qui revenaient de Moscou, les chansons à boire. Sur le sable de Svobostrand, il avait chanté à la guitare, bu un schnaps au pied d'un prunier, relevé la robe de cette magnifique brune, tiré négligemment l'élastique de son soutien-gorge.

Hélène Weigel cuisait de la compote de prunes et s'appliquait à confectionner des gâteaux en oubliant la présence de Ruth. Brecht la poussait doucement contre un tronc d'arbre. Dans des odeurs de résine, ils faisaient l'amour. Ensuite, ils bavardaient. Quoi ? Hitler et sa bande. A Berlin, on parlait de paix, mais il suffisait de voir fumer les cheminées des fonderies Krupp, de voir les milliers de tonnes de béton qui se déversaient en plein champ pour former des autostrades, il suffisait de voir les ateliers où s'assemblaient les ailes de Stukas pour savoir que la guerre serait longue, à la mesure du courage littéraire de Brecht qui, chaque matin, près d'un poêle qui ronfle, noircissait du papier. Il rédigeait des poèmes-tracts, inventait des chants allemands en grattouillant sa guitare.

Face à cette guerre, l'esprit énergique de Brecht, ses expressions drôles, sa faim sexuelle, sa manière de faire grincer les matelas entre deux baignades, sa veste de cuir noir, sa chemise grise, ses randonnées en voiture parmi les vastes herbages le long de la mer, tout faisait de lui un héros.

Hitler proclamait, postillonnait, mettait son peuple au pas de l'oie, toujours plus vite, Brecht faisait crépiter sa machine à écrire. Poèmes-mitraillettes. Enfin, le grand combat était arrivé. La grande, l'inouïe, l'inédite manière de faire couiner la langue allemande pour arrêter les cortèges, les défilés bottés, les banderoles et les mots d'ordre des nazis criés dans le silence des stades.

Brecht, dès le matin, en train de se savonner ; le torse nu, il parlait à Ruth Berlau de la façon de rassembler la classe ouvrière contre « cette bande de criminels ».

L'après-midi, photos prises sur le perron, dans la voiture, près du prunier, devant la table de jardin. Ruth Berlau marchait avec ses talons-aiguilles dans le bureau du maître, tandis que, dehors, Hélène Weigel débarrassait les assiettes. La casquette du rôdeur sur le coin du visage, gueule de voyou, le verbe ardent, Brecht parlait. Brecht pissait sur les braises dans un coin du jardin. Il éteindrait le nazisme comme ces braises, uniquement en ouvrant sa braguette. Voilà le genre de déclaration qu'il aimait faire devant ses femmes. Elles, prises entre amusement, stupeur, inquiétude, se demandaient si le nazisme n'était pas la circonstance, l'occasion qu'il attendait pour donner la mesure de son intelligence.

Souvent, le soir, il s'emballait. Il éclatait de rire, accablait ses invités et sa famille de propos grinçants. Il perçait du regard son auditoire, la voix blanche, lisait des appels, des discours ouvriers, un interminable texte sur les nécessités de la propagande, vociférait pour écrabouiller la sainte messe nazie. Plus tard, il glissait derrière la maison, filait par un trou dans la haie rejoindre Ruth Berlau. Elle l'attendait dans la voiture, le chemisier déboutonné.

Hitler, qu'il appelait « le peintre en bâtiment », et sa bande d'hurluberlus ne seraient-ils pas balayés par la joie terrestre, communicative, la poudre, l'éclat de ses poèmes ? Il jetait ses discours tapés à la machine par-dessus le toit de chaume de sa maison ; ils s'éparpillaient dans le vent, emportés par les longs nuages calmes de la Baltique jusqu'en Union soviétique.

La pestilence brune serait chassée par le vent de son inspiration. C'était tout simple, implacable, évident.

Quand il revenait dans l'immense demeure glacée du Weissensee, il entendait Maria. Elle rangeait du linge puis, le silence se faisant, il entrouvrait la porte. Maria dormait ou faisait semblant de dormir.

Brecht se préparait une infusion dans la cuisine. Il retournait dans sa chambre où l'air était plus froid. Il s'étendait sur les couvertures. Le rideau brodé de glands, la cheminée de marbre, les jeux d'épreuves de son théâtre, ses notes sur *Antigone* et *La Cruche cassée* de Kleist, les cahiers, les crayons bien taillés. Toutes ces notes que Maria avait soigneusement photographiées en cachette pour Hans Trow.

Reflets brillants de la petite lampe sur le montant du bois du lit laqué de blanc. Son alourdi et profond d'une cloche qui lui rappelait que Svobostrand était une presqu'île, et baignait, irrévocable, dans son sérieux théologique...

Parfois, Maria frappait à la double porte, ou plutôt c'était une sorte de grattement. L'appareil photo, un Zirko dont se servait Maria pour espionner Brecht, restait caché sous les lainages d'une valise.

7

DEPUIS l'incroyable triomphe de *Mère Courage*, en janvier 1949, Théo Pilla était chargé par Hans Trow de surveiller tout particulièrement la Mouette, le club soviéto-allemand qui abritait aussi les bureaux d'Hélène Weigel. Théo Pilla, l'air de rien (croyait-il), interrogeait les serveuses, les cuisiniers, les peintres et même le serrurier qui huilait les nouvelles serrures du bureau de Hélène Weigel. Il posait des questions avec balourdise, empochait des morceaux de sucre qui traînaient, exigeait du plombier qu'il siphonne un lavabo parce qu'il avait cru voir Maria se débarrasser de notes rédigées à la hâte sur du papier-toilette.

Tout le monde remarquait sa balourdise et se méfiait de ce petit brun râblé, agile, qui menaçait la moindre femme de ménage de « révéler son passé nazi au tribunal du Peuple ».

Hans s'amusait de ce fils d'un marchand de bouchons de la Forêt-Noire qui avait passé la moitié de la guerre dans un sous-marin patrouillant dans l'Atlantique, coin cuisine. Théo n'avait aucun sens de la mystique politique mais, apprenti cuisinier dans son adolescence, il avait fait preuve d'un sens remarquable de la dénonciation. C'était chez lui une maladie : il se méfiait de tout le monde, rapprochait des détails qui n'avaient rien à voir entre eux et, sous couvert de « justice de classe », enveloppait chacun d'une méfiance congénitale, absurde, inattendue. Mais, curieusement, il établissait des rapports d'une précision technique admirable, apportant sans le vouloir des preuves qui permettaient à Hans Trow d'aboutir à des résultats pour classer un grand nombre d'affaires.

Théo Pilla avait pris en grippe les comédiens de théâtre, surtout ceux qui étaient populaires, qui s'amusaient de tout, qui parlaient sexe avec grossièreté et qui, visiblement, ne souffraient pas de la faim comme le reste de la population.

Lui, Théo Pilla, entre deux surveillances, plantait une fourchette dans un pâté, dans quelques feuilles de chou laissées au fond d'une casserole, dès que les cuisiniers du club de la Mouette avaient le dos tourné. Ainsi, il traînait sa silhouette rondouillarde, soit pour mouiller son doigt dans une sauce, soit pour rester derrière une cloison, faisant semblant de lire le journal, en écoutant ce qui se disait à la table proche. Il notait tout ce que disait Ruth Berlau sur le projet de Brecht de monter *Le Précepteur* de Lenz avec un beau rôle pour Maria. Elle fit aussi allusion à Vladimir Semionov, le commandant soviétique de la zone, qui avait été si enthousiasmé par le jeu de la Weigel dans *Mère Courage*, qu'il avait décidé d'augmenter son salaire et son cachet pour chaque représentation. Théo Pilla savait, en outre, que Semionov avait signé de sa main grassouillette une feuille d'augmentation des frais de fonctionnement de la troupe du Berliner Ensemble.

En sortant de la Luisenstrasse, Pilla avait rejoint les bureaux de la Schumannstrasse. Puis, de là, il s'était rendu dans le hall de l'ancien théâtre impérial, pour retrouver Hans Trow. Il lui avait confié, mystérieux, que « le roitelet Brecht deviendrait l'aigle impérial du régime ». Hans Trow feuilletait le *Neues Deutschland*, tout en demandant à Pilla ce qu'il lui prenait avec ses histoires d'oiseaux. Il se foutait bien que Brecht soit un bouvreuil, un pinson, un chardonneret.

Une fois de plus, Hans Trow s'aperçut que Théo Pilla emplissait l'air autour de lui d'une odeur de cuisine, douceâtre. Le plus grand fléau d'un service de renseignements est de choisir des imbéciles en croyant qu'ils sont plus proches de la majorité des gens, parce qu'ils pensent et qu'ils agissent comme les plus stupides. C'est ainsi qu'un système s'écroule, pensa Hans. Un bon Prussien n'accepte pas de travailler en compagnie d'un fils de marchand de bouchons de la Forêt-Noire. Cependant, il continua de sourire et montra un peu de gratitude pour ne pas décourager son adjoint, ou – pire – étouffer son enthousiasme naturel pour la dénonciation.

Ce soir-là, dans le hall de l'ancien théâtre impérial, il y avait beaucoup d'enfants, quelques ouvriers, vers le grand escalier, et surtout des bureaucrates. Ils se ressemblent : habillés de sombre, manteaux mal coupés. De ces gens qui passent leur temps à donner ou à obtenir des autorisations, toute la bureaucratie qui parasite le travail artistique. Ils ont des têtes de professeurs. Ils parlent de l'abus du mercantilisme et du goût des ouvriers pour la pure gaudriole. Hommes à mâchoires carrées et coupe militaire, petites-bourgeoises aux yeux écarquillés devant les dorures impériales : ils viennent se régénérer. Lentement, ils montent l'escalier, laissant des traces de semelles mouillées sur le tapis. Linge mal repassé et propos sur la déficience du système de distribution de denrées.

Hans Trow revint avec les billets à la main. Ils furent placés au huitième rang sur le côté. Hans reconnut la grosse Hella Wuolijoki qui avait accueilli Brecht dans son domaine finlandais. Bouille ronde, grosse tresse de cheveux blonds torsadée sur le haut de la tête, fourrure autour du cou ; elle se penchait sans cesse du balcon pour regarder quel était celui qui portait une chemise rouge, là-bas, au premier rang. C'était le comédien Leonard Steckel, celui qui jouerait bientôt le rôle de Puntila, la pièce que Brecht avait justement écrite, chez elle et avec elle...

Hans Trow laissa passer Théo Pilla pour qu'il s'installe dans le fauteuil. Lui, Hans, prenait le strapontin qui grinçait. Les lumières s'éteignirent, les bavardages aussi. La lumière du plateau éclaira un paysage lunaire. Lande. Chariot de la Mère Courage. Et des seaux et ustensiles de cuisine qui s'entrechoquent.

– On rentre pas comme ça sur scène, dit Théo tout bas. C'est con !...

– Tais-toi...

Deux heures et demie plus tard, ils quittaient le Deutsches Theater, tandis que de nombreux groupes papotaient sur le trottoir.

– Elle est gracieuse sur scène, dit Théo Pilla, on dirait une fille de dix-sept ans. On dirait une adolescente.

Il parlait de Maria Eich.

Hans Trow allumait un petit cigare. Il se demandait quelle était la différence entre une comédienne, une prostituée, une fille de banquier, une institutrice. Le visage maquillé de Maria l'avait troublé. Il se demandait si les comédiens finissaient par être corrompus par les cachets qu'ils recevaient, les cadeaux, les médailles, les compliments, les admirateurs. Ces comédiens étaient invités partout, comme des enfants à Noël. Il se souvint que l'un d'eux s'était tué d'une balle dans la bouche pendant les répétitions de *Mère Courage* à Munich. Théo Pilla dit :

– Ce Berliner, quel asile de fous...

Bercé d'arrière-pensées ironiques, Hans ne dit rien et regarda la fumée de son petit cigare.

– Les salutations, reprit Théo Pilla, quand ils reviennent à la fin, sur le devant la scène...

– Oui...

– Ils saluent, cassés en deux, encore maquillés, défigurés... un asile de fous... On dirait des marionnettes... des malades...

– Ah... Vraiment ? fit Hans qui aimait abandonner Pilla aux caprices d'une pensée frénétique et sans issue.

– Tu ne trouves pas ?

– Non.

– Ils saluent, ils se tiennent la main... La rampe lumineuse devant comme s'il y avait de la neige qui les éclaire. Un asile de fous, des fantômes. Ils se tiennent la main, avancent et reculent, et avancent et se sourient et nous sourient... un asile de fous... des fous...

– Et nous des malades, dit Hans en souriant.

Plus tard, un immense fleuve de nuages dérivait avec douceur vers le Reichstag.

– Elle était très bien, Maria, avec le sergent recruteur, dit Théo.

– Très bien, dit Hans.

– Gaie, à l'aise...

– Très...

Théo se mit à renifler.

– Tu sens l'odeur de bois... de bois printanier...

– Oui.

– L'odeur de sous-bois... toute mon enfance...

Théo reprit :

– Quand ils se cassent en deux pour saluer, ils ont l'air de marionnettes mortes... est-ce que je me trompe ?

– Non, tu ne te trompes pas, dit Hans.

– Des marionnettes fardées et éclairées qui jouent les paysans, les adjudants, les filles de joie... voilà, c'est tout le théâtre allemand, dit Théo.

Hans posa sa main sur l'épaule de Théo qui s'exaltait.

– Tais-toi.

Ils écoutèrent. Il y avait un léger grincement régulier derrière une ancienne baraque d'attraction, avec des bouleaux derrière. Hans fit le tour de la baraque. Une simple balançoire de fer gémissait au vent. Des anneaux rouillés grinçaient sur un axe.

Théo reprit :

– Quand j'étais môme (Hans détestait quand il disait « môme »), quand j'étais môme, mon père m'a emmené voir *Wallenstein* de Schiller. C'était dans l'annexe de mon lycée. *Wallenstein* déjà, c'était des cantinières, des histoires d'adjudants, des camps, des empereurs, des soldats, des tambours et des flûtes, des bouffes, des pendus, de la tambouille et des pendus, le théâtre allemand, ce n'est que ça ? Des tables, des soldats, des putes, des cantinières. Déjà Schiller... que ça le théâtre ? Des orphelins, des pendus. Un pichet d'étain, des recruteurs qui chatouillent des fesses de putes ? C'est ça le théâtre allemand pendant des siècles... merde alors...

– Non, dit Hans, ce n'est pas ça...

Il y avait déjà un moment que Hans marchait sans trop prêter attention aux bavardages de Théo. Cet intarissable bla-bla lui rappelait la corvée de l'épluchage de pommes de terre devant la maison de ses parents à Wittenborg. La cuisinière Lisbeth submergeait ainsi le petit Hans de tout ce qui lui passait par la tête. Éplucher les pommes de terre poussait son inspiration fantasque. Elle anticipait sur l'avenir du monde, rêvait aux futures énormes machines à éplucher les patates, les carottes, les navets ; le peuple libéré de la corvée de légumes. Le propos s'élargissait : les poules plumées automatiquement, les volailles vidées à la chaîne, la domesticité de la maison Trow à l'abri de toute famine dans les siècles des siècles, amen !

Au fond, Pilla, comme cette cuisinière, se laissait porter par son imagination d'autodidacte. Ses déclarations abondantes et souvent quelconques, ses hypothèses interminables et sinueuses ressemblaient à ces épluchures qui s'accumulaient dans le papier-journal. Tandis que le père de Hans, plongé nuit et jour dans des paperasses juridiques, dans son immense bureau qui donnait sur des champs de patates, avait, lui, perdu la parole à l'université. Tout se passait comme si la brique gothique des bibliothèques l'avait rendu muet, triste, d'une tristesse sans fond. Le père de Hans s'était replié sur des ruminations secrètes, était devenu réfractaire à l'échange humain banal. Il ne laissait tomber que quelques paroles pauvres, mesurées, à la table familiale. Il faisait réciter à Hans, le cadet de la famille, la série de dates de la guerre de Trente Ans.

Hans se souvenait des mutismes de son père, les uns solennels, les autres ternes, comme s'il s'agissait de reprocher à la famille son existence. Les rares éclats de rire venaient de la cuisine. La table, les chaises, le poêle, le spectral soleil blanc sur les champs nus parlaient mieux à ce père. Il mangeait sa soupe froide et ne supportait en littérature que les pénombres forestières de la *Chanson des Nibelungen.* Il faisait régner sur le domaine entier une ambiance de tribunal au moment de la sentence.

Hans s'était toujours demandé comment son père avait pu retirer son pantalon pour faire trois enfants à son épouse. Ce père qui ajournait toute discussion contemplait, par la fenêtre, les champs de pommes de terre du Mecklembourg. Voyait-il déjà une patrouille SA envahir le grand escalier de chêne et marteler de ses bottes les parquets du couloir pour entrer sans frapper dans son bureau et décrocher, entre autres, le grand tableau du *Jugement dernier* pendu entre deux commodes ? Le regard fixé vers les rangs de peupliers, lisait-il à l'horizon les malheurs du Troisième Reich ? Voyait-il dans le ciel bas les douzaines de Stukas qui montaient en ronflant entre les nuages, les fuselages brillants d'acier ? Voyait-il tous les soldats de plomb de son fils Hans tomber dans la neige de Stalingrad ? Devinait-il l'enfer douceâtre des services secrets ? Centaines d'étagères le long de couloirs, gestion inusable des faits et gestes de l'humanité, frénétique recherche de la trahison idéologique, vagabondage diabolique dans le fumier des rapports moins sur des groupes politiques... voilà ce qui préoccupait Hans Trow tandis que Théo Pilla bavassait à perte de vue.

Il parlait de ces « comédiens vaniteux dont le jeu ne cassait pas trois pattes à un canard ».

– Tu te rends compte, dit Théo, tu te rends compte ? Depuis Schiller jusqu'à Brecht, on n'a pas bougé ? On est dans le même camp militaire... la même guerre de Trente Ans ? Avec les mêmes sergents recruteurs, les mêmes putes...

– Eh oui, sourit Hans en s'asseyant sur un banc.

Hans sortit les billets de théâtre et les émietta sur la neige.

– Des pichets d'étain et des claques sur les fesses des cantinières... le théâtre, c'est l'art du désordre qui regarde l'art de l'ordre... tu ne trouves pas, Hans ?

– Non, je ne trouve pas.

Théo Pilla ôta son cache-col, ouvrit son col, tapota la neige sur son manteau et poursuivit :

– S'habiller, se déshabiller, mentir, se maquiller, se démaquiller, mentir. Se déshabiller, se démaquiller, bavarder, réciter, déclamer, se redémaquiller, répéter toujours la même phrase idiote... c'est quelque chose. Venir saluer comme des marionnettes macabres qui cherchent à effrayer les gens du premier rang avec cette lumière d'en dessous... tu trouves ça comment ? C'est une vie, ça ? Les comédiens, ils effraient les gens...

– Ils les font rire aussi, dit Hans.

– Ouais ? Effrayer les gens ? Les faire rire ? Saluer, faire rire, effrayer, tu trouves que c'est une vie... tout est truqué, ils doivent s'emmêler entre faire rire, mentir, leur prose, la poésie, ce qu'ils pensent, ce qu'ils disent. Leur vie privée, elle est où ? Ils doivent tout mélanger, non ?..

– Brecht ne mélange rien, crois-moi...

– Mais Maria ? Notre Maria ?..

– Je ne sais pas, dit Hans qui avait posé son mégot de cigare sur une latte du banc.

– Ils doivent s'emmêler les pinceaux ; ils doivent s'effrayer et se faire rire sans savoir pourquoi ni comment... Tu n'es pas d'accord, Hans ?

– Non, dit Hans en soufflant sur la braise de son cigare. Peut-être... que...

– Ils sont racoleurs, ajouta Théo.

Il se leva et secoua son manteau.

– Moi, je les foutrais en cabane. On n'en a pas besoin... C'est pour ça qu'on est là...

– Non, dit Hans. On n'est pas là pour ça.

Plus tard, quand Pilla eut fini de grogner, quand Hans eut cessé d'être évasif, les deux hommes se levèrent, les minutes s'écoulèrent ; ils marchèrent vers la Spree, plus large à cet endroit.

8

QUAND Brecht n'avait pas inscrit le nom de Maria Eich au tableau des répétitions d'*Antigone*, celle-ci se rendait dans le secteur américain. Grâce au laissez-passer barré de rouge que Hans Trow lui avait fait établir, elle pouvait rejoindre sa fille Lotte. Tramways bondés, péniches à la queue leu leu sur la Spree, chariots emplis de pommes de terre, panaches de fumées noires des cheminées d'usine, sourds-muets en train de vendre des bibles, veuves proposant des souliers vernis du défunt, cris d'un marchand de journaux proposant quelques bonbons : ce Berlin-là défilait, bariolé, argenté.

Maria prenait plusieurs tramways qui traversaient le quartier de Steglitz, puis Lichterfelder vers le Wannsee. Ramifications d'ombres le long des interminables murailles de briques d'anciennes casernes, bois de frênes à l'abandon pour les lapins de garenne, pins sylvestres et pins cimbro formant silence en approchant du Wannsee.

Maria descendait du tramway, marchait vite, coupait à travers des terrains sableux et longeait des villas abandonnées aux broussailles. Elle contournait un ancien bassin de natation empli d'eau saumâtre, entendait un saut de grenouille tandis que, sur des marches, les jours de soleil, quelques lézards se chauffaient sur les pierres.

La mère de Maria, Lena Zorn, qui gardait Lotte, vivait dans une immense villa jaunasse avec un péristyle ensablé, des nids d'oiseaux dans les encoignures. La seule chose qui paraissait vivante autour de ce bâtiment aux volets écaillés, c'étaient les herbes d'une prairie avec des plantes montées en graines, des lilas.

A l'intérieur de la villa, le salon ressemblait à un wagon de chemin de fer avec des tentures lourdes, des banquettes prises à la Bundesbahn, des vitraux en cul de bouteille et toute une vaisselle en étain posée en pile sur un buffet bismarckien. La grand-mère flottait dans une robe grise. Sur ses épaules, un châle noirâtre à franges et autour d'elle des verres à whisky. Elle se promenait avec son portefeuille à la main. Elle pestait contre le prix de la pénicilline. Elle ne se levait de sa banquette que pour appeler Lotte qui jouait dehors.

Mère et fille se parlaient peu. Elles évitaient d'évoquer le passé. « Mais oui ! mais oui ! répétait Lena à sa fille, tu as parfaitement raison, mets-toi du côté du plus fort ! Je sais que tu es une antifasciste de première ! je sais ! antifasciste de la première heure ! ni ton père ni ton mari ne l'avaient remarqué ! ni moi !.. » Elle soupirait, reposait ses mains (la gauche tenait toujours le portefeuille) sur ses cuisses, comme épuisée par la déclaration, puis restait collée au dossier de cuir de la banquette, immobile, comme si le moulin aux souvenirs s'était arrêté le 8 mai 1945 à huit heures du matin, quand elle avait entendu à la radio que l'Allemagne nazie avait capitulé sans conditions.

Depuis, elle élevait Lotte. Elle soignait son asthme, recomptait ses billets de banque froissés. Logées dans le portefeuille, elle extirpait parfois comme des documents du temps passé, de vieilles photographies de Vienne.

Puis il y avait un thé morne, des bretzels durs comme de la pierre. Dans la pénombre, un lustre enveloppé dans une toile de parachute était suspendu, menaçant, fantomatique au-dessus de la table... Une voisine toute rose apparaissait, ample et pleine de fanfreluches, et se mettait à couvrir l'enfant de baisers, à la serrer et à l'ensevelir sous des câlineries exagérées. Silence quand on versait le thé.

– Et ses crises d'asthme ? demandait Maria.

– Elle n'en a pas avec moi, répondait sa mère.

La gêne s'installait. Le regard de Maria errait vers les bibelots et les porcelaines d'une étagère. Il s'attardait sur une photographie ancienne, entourée d'un cadre d'argent terni : deux visages moqueurs, celui de Maria et celui de son mari avec son calot et ses cheveux coupés très courts. Maria se disait qu'il y avait eu une période claire et insouciante ; maintenant, tout était sombre, inexplicable, en apesanteur.

– Tu travailles avec ce Brecht ?...

– Oui.

– Je croyais qu'il était mort, celui-là ! s'étonnait la voisine.

– Non, il n'est pas mort.

– Il a fui le pays il y a longtemps... un communiste...

La conversation retombait. Tout le monde se levait. La voisine disait :

– J'en connais une qui ne va pas se coucher tard ce soir...

Sur le perron, Maria cherchait sa fille des yeux. La petite fille jouait dans son coin. La solitude de Lotte était évidente. Maria s'avançait vers l'enfant, l'embrassait, s'éloignait, quittait la maison.

Dix minutes plus tard, Maria se retrouvait dans un tramway grinçant et brinquebalant, dépossédée et submergée de chagrin. Elle devenait étrangère à sa propre vie.

Alors, elle se réfugiait dans un café blanc et voûté de la Würmlingerstrasse. Le poêle de faïence ronflait et jetait des lueurs. Une lourde table ronde en chêne... un verre de bière pétillait puis ne pétillait plus... La paix et le silence de l'endroit lui permettaient de se calmer. Son visage glissait, elle s'endormait.

L'aubergiste glissait parfois une bûche dans le poêle et contemplait cette jolie jeune femme endormie.

Dans son rêve, Maria jouait dans la forêt viennoise. Elle cueillait des fleurs, puis glissait dans un sous-bois. Elle était attaquée par des guêpes et piquée. Les guêpes disparaissaient en grappes gluantes sous son chemisier.

Quand elle sortait, Maria était étourdie : des gens parlaient, des voitures passaient, des manteaux circulaient. Elle s'appuyait contre une grille. Le soleil jaune, dans le soir, l'apaisait.

9

FIN novembre 1950, pendant les dernières répétitions d'*Antigone*, Maria Eich remarqua que les services de la Culture multipliaient les coups de téléphone, les visites, les questionnaires aux comédiens. Elle avait le sentiment qu'il circulait de drôles de rapports du côté du ministère.

On entendait la sonnerie stridente interrompre les répétitions ou le téléphone grelotter au pied de l'escalier de la demeure du Weissensee. Un dimanche matin, dans la salle de répétition de la Reinhardtstrasse, visite d'un bureaucrate. Il interrompait l'exercice ou cassait la joyeuse ambiance que Brecht avait suscitée. Et ceux qui s'adonnaient à des exercices d'assouplissement (lente pirouette face à la salle, pieds prestes, jambes tendues, bras en couronne puis repos) continuaient à travailler, mais en regardant en coin le curieux visiteur.

Le membre de la commission culturelle gardait son chapeau à la main, gabardine triste, nuque épaisse. Il fermait ostensiblement le couvercle du piano et repoussait les partitions de Dessau. Alors, il souriait comme sourit quelqu'un qui espionne, ce qui signifiait – Brecht le savait – un rapport posé sur le bureau de Dymschitz, copie à la Ligue culturelle, paperasse alambiquée, tortueuse pour dénoncer la dérive esthétique et formelle de la troupe du Berliner Ensemble, son élitisme, son jargon. Brecht était présenté comme un artiste désinvolte marmonnant des fables et donnant des exemples consternants d'insolence. Il était répété pour la énième fois que le ministère de la Culture populaire attendait « un solide art prolétarien », qui soit sain et utile comme une bonne casserole, comme une brouette, comme un marteau. Mais Brecht affublait, déduisait, bavardait, émettait des opinions, disait tout et son contraire sous prétexte de dialectique. Cet homme-anguille donnait l'impression de ruser avec tous et toutes. Il développait chez certains un complexe de supériorité. Il multipliait les remarques ironiques, parlait haut et fort, tournait en ridicule les discussions psychologiques que les comédiens exigeaient, citait à tout bout de champ Shakespeare avec lequel il s'identifiait d'une manière obsessionnelle. Bref, il faisait le malin, avait le chic pour ridiculiser les pièces du répertoire, expliquant que c'est par le sacrilège qu'on maintient les grandes œuvres et non pas par une « poussiéreuse vénération ».

Maria comprenait qu'on était en train d'encombrer les bureaux du ministère avec des rapports inspirés par des écrivains jaloux, membres éminents de la Ligue culturelle. Elle-même n'y comprenait parfois plus rien, trouvant assommantes certaines dissertations de Brecht sur le théâtre grec, comme ce jour où il avait longuement fait la distinction entre la haine d'Achille contre Hector et la haine d'un travailleur contre son patron.

Le soir, changement de ton : toujours la même chose. Il ôtait le pull-over de Maria, lui arrachait sa jupe.

Elle se sentait alors humiliée comme si elle passait une visite médicale.

Ensuite, Maria faisait fondre des comprimés

dans un verre d'eau. Problèmes cardiaques du maître.

Un mardi soir, Brecht et Maria se retrouvèrent à une soirée de l'Union des écrivains. Grande foule. Hélène Weigel vint dans le dos de Brecht lui murmurer :

– On dirait que Maria Eich s'est diluée dans l'air. Elle passe et s'évanouit, disparaît, revient ; c'est un fantôme, ta petite protégée, tu vis avec un fantôme. J'espère que tu auras assez de mémoire pour te souvenir où tu l'as mise, assez de mémoire pour savoir où est passé ton ravissant courant d'air.

– Elle ne te plaît pas ? dit Brecht en piquant avec sa fourchette un cornichon dans son sandwich.

Il ajouta :

– Quelqu'un m'a déjà fait cette remarque.

– Quelle remarque ?

– Que Maria joue les courants d'air et qu'un jour elle disparaîtra.

Brecht emplit son assiette d'une terrine genre tête de veau avec fragments cartilagineux qui craquent sous la dent ; il aurait voulu se retrouver en pyjama, dans l'immense cuisine carrelée de la villa du Weissensee et regarder la chevelure de Ruth Berlau chatoyer sur ses épaules... Oh, pas la vieille femme d'aujourd'hui, mais la jeune Suédoise de 1941, avec son maillot de bain à carreaux rouges et blancs, sa gaieté quand elle prenait des bains dans la Baltique. Maria était une fille intéressante mais ne valait pas Ruth...

On vint vers lui.

Brecht posa son assiette, alluma un cigare. On l'entraîna vers le centre de la salle. Il se demanda si son signe astrologique convenait à Moscou. Néron régnait là-bas...

Il répondit avec humour, et même finesse, aux toasts qu'on portait. Il le fit surtout pour Hélène qui était devenue un personnage populaire et heureux. Il ne voulut pas lui « casser la baraque », selon ses termes, ni l'inquiéter, mais les nouvelles de Moscou n'étaient vraiment pas bonnes. Le temps se gâtait. Il demanderait à son décorateur d'ajouter un long trait d'un pinceau chargé d'encre de Chine noire. Comme ça, prestement, une signature.

Un jour, il irait en Chine. Une vallée dans la montagne. Une maison minuscule, le cliquetis de sa machine à écrire, le brouillard dans les ravins, visibles de la cuisine, le chant du coq. Parfois, un petit grognement pas méchant en lisant les journaux venus d'Allemagne. Lui tracerait un cercle de craie et, dedans, mettrait deux coqs, un enfant, puis il regarderait ; il boutonnerait sa veste. En début d'après-midi, sieste, rognons de veau, quelques coups de ciseaux dans un poème trop long, puis visite dans l'atelier d'un menuisier chinois. Marche dans les copeaux. Essai de son nouveau bureau, table de bois clair. Pattes de chien, moineaux, rideaux, escabeau, terrine, bière. Poèmes à l'encre de Chine...

L'été, il se laverait dans un pot d'émail. Un doigt dans un compotier pour goûter la compote. Groseilles, fatigue, sommeil, cancans. Il sifflerait son chien puis viendrait jouer aux osselets avec le fils du menuisier. Toute la soirée, il bâillerait dans la cour en regardant les fusains dans le brouillard. Il fumerait un cigare.

Voilà à quoi il pensait tandis que le patron de l'Académie de Moscou, Sergueï quelque-chose, lui tenait la main, l'enfermait dans les siennes, s'exaltait sur la Fédération de la libre jeunesse...

Un ancien ami, un certain Rudolf Prestel, soi-disant camarade du lycée d'Augsbourg, vint avec son assiette de bœuf en sauce lui chuchoter :

– La bouffe d'abord ! la morale ensuite... Hein, Bertolt !... Hein ?..

Langhoff et Dymschitz, avec leurs costumes bien coupés ressemblaient à des notaires. Leurs femmes portaient des robes affreuses. Il y avait aussi, dans un angle de la salle, Arnold Zweig et Johannes Becher qui avaient eu l'honneur de voir leur prose jetée dans le brasier par des SA rubiconds, poèmes se consumant sur une place pavée cernée de chemises brunes...

L'autre revint, l'ami d'enfance :

– Ici, c'est la morale d'abord ! la bouffe ensuite... en montrant avec sa fourchette le contenu de son assiette.

Brecht fit alors semblant d'être appelé par un groupe de jeunes gens et prit un air enjoué. Il saisit par l'épaule une étudiante :

– Restez dans votre rôle ! souriez ! je vous trouverai un rôle dans *Puntila* ! Promesse de Brecht !..

Avant que la jeune fille ait répondu, le maître avait passé deux doigts derrière le dos de Maria pour la chatouiller. « La bouffe d'abord, la morale ensuite », chuchota-t-il. Il fut soudain pénétré d'un sentiment indéfinissable devant cette société provinciale, ce tourbillon de vêtements gris... Ils possédaient la raideur académique de la nouvelle bureaucratie de Moscou...

Il refusa de reprendre la parole, enfila son manteau, marcha vers la voiture officielle. Se retrancher du monde et se coucher dans le tourbillon du néant. Puis il corrigea sa pensée : Le monde est en ruines et il a faim, comment puis-je me plaindre d'être ici ?

Le chauffeur lui demanda à quelle heure il devait le prendre le lendemain. A sept heures et demie !... Ensuite, dans sa chambre, il s'allongea et écouta un 78 tours, un enregistrement de Bruno Walter que lui avait offert Paul Dessau.

10

CINQ jours après le début des répétitions générales, Brecht monta dans la loge de Maria. Elle lavait ses sous-vêtements dans le petit lavabo. Il lui tourna autour puis s'installa dans un fauteuil de velours cramoisi bordé de dorures baroques.

– Vous n'êtes pas assez légère, Maria.

Maria savonnait son soutien-gorge.

– Pourrais-tu me rendre un service ?

Maria crut qu'il s'agissait d'un service sexuel. Mais Brecht poursuivit :

– Pourrais-tu être plus légère ?

Il reprit :

– Je me suis dit que si tu faisais moins de gestes avec tes bras, tu serais plus légère.

– Oui, bien sûr.

Silence.

– Tu comprends ?

Brecht alluma un cigare et, comme toujours quand il éprouvait de la gêne, il s'enveloppait de fumée et prenait un air narquois et artificiel.

– Peux-tu me passer la serviette ? demanda Maria.

Brecht tendit la serviette.

– Plus légère... comme cette fumée... plus légère...

Maria examina sous la lumière ses sous-vêtements et commença à les étendre sur le fil de fer tendu du paravent à l'étage des chapeaux.

– En faire moins, murmura Brecht, non ?

– J'ai compris.

Il y eut un silence.

– Tu ne devrais pas le prendre comme ça.

– Désolée.

Brecht tourna son cigare pour faire tomber la cendre dans l'assiette d'étain qui servait de cendrier.

– Quelqu'un m'a déjà fait cette remarque.

– Qui ?

– Hélène Weigel.

– Tu es sûre ?

– Absolument !

Brecht avait faim, envie de lard. Maria enfilait

sa jupe de ratine rouge sang. Comme sa fermeture était coincée, Brecht se leva pour l'aider à la fermer.

– Tu as grossi !

– Non, dit-elle.

Elle boutonnait son chemisier lorsqu'elle s'aperçut qu'un bouton de nacre était près de tomber. Elle tira sur le fil et le bouton tomba sur la chaise, rebondit, roula sous le fauteuil de Brecht. Il se courba vaguement pour voir où il était.

Maria se mit à quatre pattes pour le chercher.

– Tu veux que je t'aide...

– Non, merci. J'y arriverai.

– Tu ne veux pas que j'appelle une habilleuse ?

– Non, merci.

Il y eut un silence.

– Je blague. Excuse-moi, dit Brecht.

Il pensa qu'il devrait ajouter un long trait de pinceau noir sur la longue toile de coton beige qui fermait la scène. Maria était en train de recoudre le bouton, debout, tirait avec nervosité sur l'aiguille et le fil.

Enfin, elle mordit le fil avec ses dents, acheva de boutonner son chemisier et regarda Brecht qui éteignait son cigare en l'écrasant d'une manière obstinée. Brecht avait vieilli. La lèvre inférieure tombait un peu. Elle était molle. Il s'était rasé en oubliant un coin sous l'oreille gauche.

– Je suis désolé de ce que je viens de dire.

– Tu n'as rien dit.

– Si, j'ai dit que...

– Je sais ce que tu as dit...

Brecht pensa : Délicieux poison du comédien. Puis, son désir de réconciliation avec elle tourna soudain à la haine : pour qui se prenait-elle, cette conne ?

Maria avait enfilé une veste et demanda :

– Tu peux aller me chercher mon texte ?

Brecht se leva, ouvrit la penderie et prit le texte sur l'étagère. Maria l'ouvrit à la page marquée par une carte postale de Bad-Voslau, que lui avait envoyée son père, en vacances dans cette station thermale autrichienne, lorsqu'elle avait huit ans. Elle lut son rôle, cocha des passages. Brecht se mit à l'examiner. Parfois, il la regardait à la dérobée et se disait qu'il émanait d'elle une curieuse solitude, quelque chose qui caractérisait les enfants oubliés pendant des années au fond d'un pensionnat. Cette solitude l'auréolait d'un mystère, d'une absence-présence si bizarre qu'on se disait que Maria Eich était privée de destinée, qu'elle vivait un éternel et unique jour. Si elle était montée sur une scène, si elle avait voulu mettre sa silhouette sur un plateau de théâtre, c'était pour bien exhiber ce jour unique et monotone qu'elle vivait depuis son adolescence. Les comédiens, ainsi, ressemblent à des convalescents qui se soignent, comme si les choses importantes s'en étaient allées avec la santé et que, depuis, sortant de leur pensionnat, de leurs années d'isolement, elles ne peuvent plus regagner cette santé venue de l'enfance. Oui, se dit Brecht, plus de destinée, cette femme n'est qu'un sac de voyage posé sur un plateau de théâtre.

11

LES nuits qui précédaient ses rendez-vous avec Hans Trow, Maria Eich dormait mal. Elle avait allumé la radio en sourdine et avait appris qu'il y avait eu un échange de notes désagréables entre Staline et les Occidentaux. Dans la matinée, elle avait essayé de se réveiller avec du thé fort puis elle s'était rendue à la répétition d'*Antigone*. Comme elle n'avait pas de scènes qui la concernaient directement, elle s'était installée au huitième rang, parmi les fauteuils vides. Brecht avait subitement interrompu ses conseils aux comédiens et il était venu droit vers Maria qui était en train de fouiller dans son sac à la recherche d'un bracelet.

Il avait murmuré dans un seul souffle comme s'il n'avait pas respiré :

– La plupart des gens ne sont pas conscients,

Maria, des conséquences que l'art peut avoir sur eux, des conséquences bonnes ou mauvaises. La représentation apporte une image du monde, une idée du monde évidente ou confuse, vous devriez le savoir et, si votre attention n'est pas soutenue, elle ne laissera personne intact, même pas vous ! L'art qui n'est pas considéré compris, regardé, dégrade ! Est-ce que vous pouvez comprendre ça ?

Ensuite, il avait bizarrement rabattu le col de la veste de Maria, comme dans un geste puritain pour cacher les seins de la comédienne. Il était remonté sur les planches.

Les comédiens attendaient, se demandant ce qui se passait dans l'obscurité de la salle. Comprenant au visage fermé de Brecht, à son expression froide qu'il était d'une humeur de chien... la scène avait repris. Les poteaux et les crânes de chevaux, la table de travail s'étaient métamorphosés en objets incongrus qui clapotaient dans une lumière sale. Le court-circuit d'un projecteur n'arrangea rien.

En début d'après-midi, Maria se promena dans le parc. Elle fut frappée par la solitude du lieu. Vers les sapins, il y avait un cinéma, le Métropole, avec une large marquise jaune enneigée. Elle s'assit sur les marches après avoir glissé un *Berliner Tagblatt* sous ses fesses et oublia sa mauvaise humeur en regardant des soldats en capote qui ne cessaient de bavarder et de taper des pieds pour se réchauffer. Le ciel prenait des allures de couchant kitsch avec ses traits rouges sur les ruines. Maria se sentit calmée. Elle se leva et rejoignit l'adresse donnée par Hans Trow. Elle arriva avec une dizaine de minutes d'avance.

L'Auberge du Cygne était basse, voûtée, avec des soupiraux arrondis à petits carreaux colorés. Lourdes tables rectangulaires de bois sombre. Près de la fenêtre, dans un nuage de fumée bleue, un jeune homme extrêmement élégant feuilletait un carnet et déplaçait parfois un papier-calque en mesurant quelque chose avec une réglette. Maria avait commandé du thé et attendait dans cette demi-obscurité.

Hans Trow arriva. Ils parlèrent de Brecht et du Berliner Ensemble, dont l'enseigne désormais tournoyait, ronde comme une enseigne Mercedes au-dessus du Deutsches Theater. Maria se sentait libérée et se laissait entraîner par les mots. Elle se savait écoutée. Elle se dit : Personne ne m'écoute comme lui. Elle se demanda si ses informations secrètes étaient favorablement accueillies et étudiées dans le service.

Hans raconta qu'il avait connu un bon théâtre à Stettin pendant la guerre et que les officiers, ses amis, s'y rendaient souvent. Il y eut un trou dans la conversation, un silence, mais quelque chose de frais, de calme, les liait. Tout semblait clair, tranquille, familier, comme cela n'avait jamais été depuis des années. Elle avait envie de le tutoyer. Hans déposa alors un objet métallique et froid dans sa main. C'était un tout petit appareil photo Kodak, importé de l'Ouest. « J'ai l'impression qu'on nous regarde. Que tout le monde nous regarde », dit-elle, tandis que Hans payait.

Ils firent quelques pas et Maria ne savait pas quoi faire, quoi dire. Elle remarqua que le soir laisse un curieux contour clair au-dessus de certaines ruines. Ils marchaient et enjambaient une clôture. Tous les actes, toutes les disputes avec Brecht, tous les malentendus firent partie d'un monde ancien qui était à l'agonie. Sans trop savoir ce qui la submergeait, Maria sentit confiance, certitude, l'envie de faire l'aveu qu'une grâce particulière l'avait envahie, une légèreté. Elle avait envie d'un café brûlant, d'une journée à marcher sur un trottoir tout droit qui sortait de Berlin. Elle voyait le dôme d'une église et un avion qui atterrissait vers Tegel.

A quel moment avait-elle dérivé de ce monde originel et frais qui revenait dès qu'elle était en présence de Hans Trow ?

Il suffisait de marcher à côté de lui. Il suffisait de l'écouter expliquer comment se servir du Kodak pour que disparaissent les doutes, les anxiétés, les mauvais rêves, les ombres, les craintes ; il suffisait qu'il parle doucement pour que le genre humain cesse d'être de plomb. Pourquoi y avait-il soudain espérance et drôlerie ? Même ce marchand, sous le métro aérien, qui, avec ses peignes et ses deux volumes reliés de Goethe, ses colifichets et un ruban de dentelle, était un messager. Marchands, doux messagers... Il fallait y penser... Hans acheta un peigne.

Puis, il avait étalé son imper parmi les sapins noirs et s'était mis à parler.

Il parlait de sa mission comme s'il avait voulu rejouer une partie de sa vie qu'il avait annulée après un événement qu'il gardait secret. Mais la fatigue, le désarroi se lurent sur son visage quand il déclara avec une sorte de douloureux mépris :

– Maintenant, je sais ce que je veux !

Il s'était mis à parler plus fort. Et, sous ces sapins, c'était un curieux message ambigu que cette phrase répétée :

– Je sais ce que je veux ! Maria.

Ils se quittèrent près du Deutsches Theater. L'emblème lumineux du Berliner Ensemble tournait dans le soir, se reflétait dans le canal. Hans s'éloigna le long du quai. Maria se dit : Tout croupit dans la torpeur, le sommeil, le monde dort. Une péniche verdâtre, plombée, glissait, profonde, dans l'eau.

Le lendemain, malgré des bonnes résolutions (Je dois paraître toujours enjouée, je suis Antigone, je suis légère, je suis un ange), Maria eut un début de panique. On gratta à la porte pendant qu'elle prenait sa douche. Elle répéta :

– Oui ?... Oui ?

Et Brecht répondit :

– Pourquoi tu ne fermes pas la salle de bains avec le verrou ? Tu attends quelqu'un ?

Elle sentit ensuite ses doigts, la serviette, la poussée vers le lit puis le tapis.

Pendant l'étreinte, il murmura :

– Pour qui ?

Il mordit plus fort. Et Maria était troublée par cette morsure.

– Pour qui ? Pour qui tu as remué du derrière ce matin ?

La lampe de chevet était tombée.

Il la quitta en claquant la porte. Maria se sentit « Maîtresse Courage » d'avoir ainsi excité sa jalousie et éteint ses ardeurs au milieu de ce qu'il appelait son « thriller érotique ». Quand il revint dans la chambre, il n'y eut qu'un homme et une femme qui cohabitaient, se déplaçaient, parlaient, apparemment décontractés, mais qui avaient, l'un et l'autre, perdu leur assurance. Les paroles étaient, entre eux, détimbrées. Un briquet brilla dans l'obscurité. Mentalement, il se répéta : L'une prend, l'autre donne, l'une donne, l'autre prend.

Il s'assit sur le lit, ouvrit un roman américain. Il ne lut pas mais pensait qu'avec Ruth il glissait sur le tapis, qu'avec Helli il le faisait dans l'escalier, avec Greta, assis sur la bordure de fer d'un massif de fleurs. Avec Ruth, il arrêtait la Stayr noire et le faisait sur le talus, sans même se déshabiller.

12

La générale d'*Antigone* eut lieu en avril ; bien que la pièce reçût l'hommage automatique des organes officiels, on glissa assez vite sur la performance de Maria. Maître Brecht avait combattu toute idée de hiérarchie dans une troupe.

Mai et juin passèrent. Déplacements, rencontres. Préparation des Fêtes pour la jeunesse. Maria s'était mise à sucer des pastilles au miel, sa voix se fatiguait vite. Fin juillet, elle partit avec Brecht et sa bande sur les bords de la Baltique.

Ahrenshoop. Sur une longue bande de sable, une petite ville digne d'être conservée dans un musée, avec de jolies maisons étroites, des bois sculptés, des perrons, des escaliers intérieurs, quelque chose de tranquille qui vient du début du XIXe siècle. Plus loin, les dunes, puis les étendues de sable mouillé, puis les brise-lames rongés par l'eau de mer, quelques cabines de bain, grandes étendues plates. Plaines d'eau salée...

Des photographes vinrent prendre des clichés de Brecht.

Maria fut logée dans une pension de famille près d'une église en bois. Parfois, elle était invitée le soir, pour l'apéritif. Le reste du temps, elle flânait dans les dunes. Journées claires qui donnent le sentiment que la Terre ne tourne plus. Des enfants râpeux, pelés, anguleux, avec des membres grêles et des frissons, plongent dans des vagues trop vertes qui cognent le long de la jetée. Elles lavent tout, ces vagues, elles oxydent tout, les dos et les genoux, la fiente des mouettes et les balises. Maria plongeait dans cette eau froide pour oublier.

Elle s'éloignait de la troupe brechtienne. Journées de vent, de lumière, longues et parfaites. Les marées endorment, soumettent. Maria trébuchait parfois dans les vagues, regardait des enfants et pensait à sa fille. Des familles étendues sur des serviettes de bain la laissaient mélancolique. Elle oubliait sa lassitude en nageant avec obstination.

L'après-midi, silence bleu pâle du ciel. Les baigneurs devenaient des points minuscules, la mer scintillait. Étendue, nuages... Quelque chose d'une divine douceur emplissait Maria. Les forces marines semblaient engloutir les silhouettes dans les brillances du large. Maria se demandait pourquoi vouloir expliquer des choses incompréhensibles par des choses compréhensibles. Elle restait sur un banc pour admirer les longues vagues du soir qui venaient des pays scandinaves et blanchissaient la côte avec tant de régularité.

Un soir qu'ils étaient réunis, alors que Maria clignait de l'œil gauche puis de l'œil droit en direction d'un pin, Brecht lui demanda :

– Mais à quoi jouez-vous, Maria ?

– Oh, je m'amuse...

Le silence s'accrut et les têtes se tournèrent vers Maria.

– Mais encore...

– Je mesurais le décalage qu'il y a entre la vision de l'œil gauche et de l'œil droit

Hélène Weigel approcha de la table avec une lampe à pétrole et la posa entre les tasses et les verres.

– Et alors ? demanda Brecht
– Alors rien, dit Maria.
Elle ajouta :
– Je me demandais ce qui explique le Mal... et si Dieu existait...
Il n'y eut aucun commentaire. On entendit Hélène Weigel craquer une allumette. Elle ôta le verre de la lampe à pétrole, alluma la mèche, régla la flamme. Quelques gouttes d'eau noircirent la nappe sur la table basse. Un orage se perdait au loin sur la mer. Brecht dit :
– Réfléchir sur des problèmes que vous ne pouvez pas résoudre, on peut s'en dispenser.
Hélène Weigel l'interrompit en demandant à Maria :
– Qu'avez-vous fait cet après-midi ?
– Je suis allée voir la vieille église des pêcheurs. Je me suis baignée.
Une tasse heurta un verre, Brecht but du schnaps, Ruth Berlau enfonça sa main droite dans sa chevelure sombre. Brecht dit :
– Parler d'affaires qui ne peuvent pas trouver de réponse, on peut s'en dispenser.
Il alluma son cigare.

Il arrivait que Brecht convoquât Maria dans sa petite chambre-bureau. En général, les choses se déroulaient ainsi : Maria s'étendait, était déshabillée lentement. Après la phase érotique, le maître prenait une douche. Maria photographiait en cachette les documents sur la table de bois.

Parfois, elle fouillait aussi dans la corbeille à papiers et dépliait des brouillons de poèmes.

Cet été-là, elle remit à une jeune employée des postes quatre rouleaux de négatifs qui furent envoyés à Berlin. On y apprenait que Brecht avait envoyé trois lettres à Erich Honecker, alors député, pour intervenir en faveur du célèbre comédien Ernst Busch dont le nom, dans une chanson pour enfants, avait déplu aux autorités. Il y avait aussi des lettres au musicien Paul Dessau qui, lui aussi, après ses partitions musicales pour le procès de *Lucullus*, était tenu pour un curieux formaliste. Ajoutez une lettre à Kurt Barthel, le puissant secrétaire de l'Union des écrivains, là encore pour intervenir en faveur d'Ernst Busch, et des lettres à des éditeurs étrangers. Hans Trow, qui passait son été dans la lecture des journaux de l'Ouest, reçut les paquets de Maria. Il fit développer les négatifs, conclut : « Il n'y a rien d'autre dans ses envois que de l'ennui, on sait déjà tout ça... » Il se renversa dans son fauteuil et dit à Théo Pilla : « Ce que j'aimerais savoir, c'est quand elle sera enceinte du "maître". »

Pendant tout son séjour à Ahrenshoop, Maria les quittait de plus en plus souvent sans rien dire. Ses absences agaçaient Brecht. Quand il pénétrait dans la salle de bains, sa petite Antigone avait pendu une serviette bleue au crochet près de la fenêtre et noué son maillot de bain blanc, étroit, à l'espagnolette. Le chiffon de tissu cloqué se balançait dans le filet d'air, comme pour narguer le vieux Brecht. Oui, ce maillot blanc froissé (et la petite bordure de dentelle du bustier) remuait doucement, pivotait dans le courant d'air matinal. Le bout de tissu narguait le maître. Il s'était arrêté au milieu de son rasage, avait posé son blaireau sur le lavabo et touché de la main la légère couture qui marquait l'entrejambe, là où le tissu se collait, sur le mont-de-Vénus. Il se demandait pourquoi Maria, pendant l'amour, prenait ce visage de reine morte, naviguant vers des étoiles, les paupières closes, comme retirée au fond d'elle-même. Elle lui échappait, elle ne faisait que ça d'ailleurs ; elle échappait aux séances de travail du Berliner, elle échappait aux cours théoriques, échappait dans les escaliers du théâtre, échappait en vidant des fonds de bière, échappait en allant nager matin, midi et soir, en s'aventurant vers les profonds courants.

Il fit le compte mentalement : Je ne l'ai possédée que quatre fois depuis notre arrivée, dont la dernière sur le linoléum.

Il acheva de se raser, s'habilla et prit sa canne pour se rendre sur la plage. D'abord, il ne vit rien que le jardin inondé de soleil, la route goudronnée, pleine de fissures avec de larges coulées de sable, puis il bifurqua dans le sentier marqué d'empreintes de pneus. Il fut pris dans le roulis étincelant des vagues quand il atteignit le sommet des dunes.

Où était-elle ?

Il ne voyait que l'horizon immense et les vaguelettes qui léchaient l'immensité arrondie de la plage. Il se mit à descendre la pente de sable en ôtant ses sandalettes, se piqua à des chardons. Le ciel cristallin montrait quelques infimes traînées de cirrus. Bouffées d'odeurs sèches de varech... Tant bien que mal, Brecht traversa une bande de galets et regarda vers les rochers. Il reconnut le sac de toile et, sur une serviette blanche étalée, le cahier d'écolier sur lequel Maria inscrivait des notes pendant les répétitions d'*Antigone*.

Il s'assit au bord de la serviette et contempla la mer. Vagues, cris d'enfants, rafales de vent. Le nombre de fornications ratées, pensa-t-il.

Une mouette solitaire traversa le champ de vision bleu et lâcha un cri rauque. Les vaguelettes étaient si lentes sous le soleil qu'on se demandait si cette immensité n'était pas une seule masse profonde, verte, figée. Ce fut alors que Maria surgit, frigorifiée, tremblante, couverte de gouttelettes. Brecht entendit sa propre voix, si faussement chaleureuse, lui dire :

– Viens, je vais te frotter...

Elle s'assit en lui tournant le dos tandis qu'il empoignait la serviette pleine de sable et lui frottait les plans lisses du dos comme on râpe un mur. Elle se raidit, se blottit légèrement et Brecht frotta fort le long des bras comme s'il s'agissait d'un ponçage ; puis quand il voulut embrasser les taches de rougeur qui apparaissaient le long des vertèbres, Maria s'esquiva. Brecht glissa sa main entre ses cuisses :

– Tu veux jouir ?

– Non, pas maintenant.

Elle s'allongea sur la serviette de bain. Avec grande attention, elle considéra la peau rose et irritée sur ses bras.

– Je ne sais pas comment me comporter avec toi !

Ils restèrent assoupis dans le grondement des vagues. Parfois, quand elle tournait la tête, Maria Eich devinait entre ses cils des remous de ligne claire, des passages d'ombre, des petits éclats métalliques sur l'eau.

Une tapisserie nuageuse montait vers la gauche, et la mer devenait d'un violet sombre avec des zones nues et froides. Maria se leva, enfila une jupe, disparut, fantôme scintillant parmi un sentier à chardons.

Brecht, après un sommeil lourd, se leva et contempla la plage. Elle était absolument déserte, si déserte qu'elle faisait mal et brûlait d'une sécheresse intense. Quand il revint à la villa, il y avait du linge sec sur un fil et, en se gonflant au vent, les chemises étaient emplies d'invisibles torses de bonshommes de foire.

Le ronronnement d'un petit avion emplit un instant une partie du ciel puis décrut pendant une éternité. Trou de silence, le jardin, les chaises longues, la table de fer du jardin évoluaient dans un liquide d'une étrange et fausse immobilité. Le passage si lent des nuages assombrit un instant le perron.

Brecht pensa que la terre était donc morte ou qu'elle s'était éloignée de lui car dans ce trou de silence, dans les herbes qui brillaient sur la pelouse, il n'y avait plus que le pollen de sa propre fin, le pollen merveilleux et scintillant de sa disparition.

Guilleret, il se prépara une tasse de café et la but, assis sur les marches du perron en attendant le retour des autres.

13

Au cours de certaines soirées chez Brecht, Maria Eich était reléguée en bout de table. Un soir, elle quitta les invités et décida de changer de place les meubles de la chambre de Brecht. Elle découvrit une bible estonienne sous la table de nuit et se mit à lire. Elle trouva entre les pages une fleur séchée mauve et se mit à rêver sur la personne qui avait déposé cette fleur.

La nuit tomba. Elle resta immobile, la bible sur les genoux, engourdie dans sa rêverie. Elle n'était pas triste. Puis elle entendit des pas dans le couloir, la porte s'ouvrit, une main tourna le commutateur. Brecht était là, avec un verre de champagne qui pétillait.

– Pour vous.

Elle but lentement, connaissant la routine à venir. Il la déshabilla, la tourna vers le mur, la prit. Elle pensa : Il ne me prend pas, il fait une perquisition. Elle se cramponna au rideau jaune puis serra les poings quand Brecht remplaça sa virilité défaillante par le manche d'une brosse à cheveux.

Au matin, elle prit un sac de plage, y fourra maillot et peignoir, bonnet de bain, se glissa hors de la chambre, s'enfuit par le portillon vert du jardin.

Matinée radieuse. Ciel blanc, déjà une chaleur qui baigne les villas et la grande pension qui abritait maintenant les enfants des cadres de la Nation. L'air était vibrant, comme des souvenirs flous. Tout était aimable, majestueux. On sentait le chahut des vagues, les roches, les algues. Là-bas, vers la gauche de la plage, une presqu'île gardait les orages. Il y avait aussi un champ jaune ; derrière elle, les fenêtres ouvertes d'un ancien casino devenu Maison du peuple... Elle se baignait... Pendant son séjour, elle se baigna au même endroit. Un canal d'eau plus sombre, un trait noir bien plus bas, un reste d'infrastructure de contre-torpilleur. Elle étendait son chemisier sur un pylône. Nulle part elle ne se sentait aussi bien, aussi radieuse. Sa vie s'anéantissait dans le mouvement éternel des vagues. Cela brunissait, jaunissait, se pailletait. La mer scintillait à midi, devenait mauve à quatre heures. Ses jambes tiédissaient. Elle se sentait lisse et belle, nonchalante, étourdie. Une voile au loin sur la mer la surprenait comme un mirage. Maria ôtait ses lunettes noires, sirotait un thé froid gardé dans la Thermos. Elle nageait dans l'harmonie. Elle glissait dans l'eau. Le ciel formait un trou bizarre, puis d'innombrables petits cumulo-nimbus montaient et s'évaporaient ; des milliers d'étincelles fondaient, le bruit de la marée montante changeait ; elle oubliait Brecht et sa bande, leur cabane idéologique s'écroulerait...

Après une brève dispute avec Brecht, elle découvrit un bois de pins derrière l'ancien château d'eau. Des prairies, une vasière, une incroyable clarté qui rôde dans le pays brumeux. Elle resta bêtement, un autre soir, à un embranchement. Il y avait des rails qui se perdaient dans le mâchefer, un passage à niveau rouillé, de l'herbe sur des quais à l'abandon. Elle se sentit incroyablement attirée par cet endroit. Le théâtre, le vrai théâtre de l'Univers, était là.

A Berlin, Hans Trow fut si déconcerté par les récents rapports de Maria qu'il les glissa dans un dossier qui concernait les directives pour la réorganisation des ports de la Baltique. Il fourra le tout dans une sacoche, ajouta une note à l'intention de Schrameck sur les dispositifs de sécurité du service de la comptabilité. Puis on vit sa haute silhouette se diriger au fond du couloir. Il passa la fin de l'après-midi dans une ancienne piscine du ministère de la Luftwaffe. Il revint le soir, avec un petit sandwich pain noir-saucisses et se cadenassa dans son bureau afin de relire le compte rendu des conversations que Maria avait eues avec Brecht et « sa bande ». Le passage le plus surprenant concernait l'établissement d'un calendrier des fêtes nécessaires au Nouvel État. Brecht, selon Maria, avait établi et projeté avec une grande précision une série de fêtes officielles. Il y avait la fête de la Victoire, la Nuit des étrennes (pourquoi offrir des étrennes la nuit, les nazis offraient de longs couteaux), le jour de la Lutte mondiale, le jour de la Jeunesse et, enfin, le Carnaval.

Le rapport concluait que le Carnaval devait revêtir une grand importance, jour de déguisements et de railleries, « jour de deuil pour les biens les plus sacrés et de railleries pour les personnages les plus haut placés ». Il souligna à la plume : « de railleries pour les personnages les plus haut placés ».

Sidéré, il resta un moment silencieux à penser : c'est elle ou lui qui déconne ?

Hans relut plusieurs fois les dernières notes et se dit que sa sacoche n'était pas assez grande pour receler de telles conneries. Il les déchira en deux puis en quatre, puis les dispersa en se disant qu'il n'avait jamais soupçonné Brecht d'avoir l'esprit assez tordu pour imaginer une fête où les personnages les plus haut placés seraient ridiculisés... Cela prouvait qu'il y avait quelque chose qui ne fonctionnait pas dans son système mental. Troublé, il décida de revoir Maria plus vite que prévu ; il appela la correspondante, une jeune étudiante en théâtre de Dresde, Ursula Bruckmann. Elle suivait un stage à la lingerie du Berliner, s'occupait de repasser les costumes de scène. Il composa un numéro de téléphone et laissa sonner mais, comme personne ne répondait, il s'alarma un peu. Il tenta à nouveau de téléphoner le soir et la personne qui décrocha, une certaine Eckmann, qui travaillait également à la lingerie, lui dit que Ursula Bruckmann avait disparu depuis plusieurs jours. Il ressentit comme une curieuse tension, puis une oppression croissante, puis la succession des heures, la fatigue, l'ennui. Il décida de se rendre dans sa chambre d'étudiante de la cité universitaire.

Voix étouffée devant le bureau de réception et le gardien, avec le flair qu'ont les soldats – même habillés en civil – pour reconnaître l'autorité, reboutonna sa tunique. Il l'entraîna vers la chambre du quatrième étage. C'était une petite cellule blanche, du thé dans une tasse avec une pellicule de calcaire. Un calendrier avec des jours barrés jusqu'au lundi et des coups de crayon laissés sur la reproduction d'un dessin de Dürer représentant une tête d'ange. On avait voulu augmenter le nombre de boucles de cheveux. Sur le lavabo, des traces de savon, un radiateur électrique venu de l'Ouest et, dans la penderie, un chemisier qui tourne doucement sur son cintre. Enfin, un poste de radio bizarrement placé sous les lattes du lit de fer et un parfum étranger qui flotte dans la pièce.

– Elle est partie depuis longtemps ?

– Mardi dernier.
– Et vous avez prévenu qui ?
– L'intendant.
– Elle avait l'air soucieuse ?
– Qui ?
– Ursula Bruckmann.
– Tout le monde est soucieux.

Hans examina les serrures, le grillage de la fenêtre. Puis il se redressa et dit :

– Donnez-moi la clé de la chambre.

Il s'arrêta pour téléphoner brièvement d'une auberge donnant sur le Weissensee puis il revint chez lui, plaça la clé de la chambre dans une petite boîte à cigares hollandais et se dit que la manière dont les jeunes femmes disparaissaient était extraordinaire. Ce n'était sans doute qu'une des premières. Il savait que du côté d'Otto, de Grotewohl, ça ne plairait pas. La fatigue, l'ennui, la succession des heures. Il se mit à examiner un lot d'agrandissements photographiques dus à Ruth Berlau.

Il contempla d'un air songeur le cliché de Hélène Weigel assise sur le chariot de *Mère Courage*, avec son fichu de paysanne sur la tête. Ce n'est pas avec ce genre de théâtre qu'on tiendrait bien longtemps les foules...

14

JANVIER blanchit Berlin. La vieille Skoda noire du service commençait à disparaître sous les flocons de neige. Théo Pilla avait renfilé ses gants et observait à la jumelle les deux fenêtres assez hautes avec leurs colonnes doriques. Malgré les branches nues d'un orme, on voyait bien la chambre de Brecht. Pas de rideaux, pas de doubles rideaux ; les allées et venues de Brecht... pendant un instant, le maître apparut, pâle, avec sa casquette vissée sur la tête et son cigare qui fumait. Peut-être scrutait-il l'obscurité de la Berliner Allee et la petite véranda... Ensuite, la fenêtre bascula ; visiblement Brecht jetait quelque chose dans les feuilles pourrissantes, en bas.

Théo Pilla, engourdi par le froid et trois quarts d'heure d'observation, compta machinalement le nombre de petits carreaux de l'imposte. Comme dans un rêve, à force de scruter les fenêtres, elles avançaient et reculaient. Théo sursauta quand la portière claqua et que Hans Trow fit sentir sa présence enneigée près de lui ; il ôta ses gants et son chapeau.

– Alors ?

– T'as pas une couverture ? Je caille.

– Qu'est-ce qui se passe là-bas ?

Théo grommela :

– Histoires de cul.

Hans se frotta les mains et prit les jumelles.

– Maria est là ?

– Dans la salle d'eau... pas pressée...

Hans régla les jumelles et cerna les contours noirs de la chambre.

– Tu aimes cette chambre, dit Théo en frottant avec la main la buée du déflecteur.

– Oui, j'aime les chambres, dit Hans.

– Moi aussi, mais tu aimes particulièrement la chambre de Maria.

– Comment ? demanda Hans.

– Tu aimes cette chambre, dit Théo. C'est la chambre de Maria, tu aimes Maria.

– Oui.

– Tu l'as toujours aimée.

– Oui, dit Hans.

– Moi aussi... Mmmm, je plaisantais, ajouta Théo.

– Moi pas ! dit Hans qui suivait Brecht dans ses allées et venues.

Un sourire éclaira le visage de Théo.

– Pourquoi tu la baises pas ?

– Aucun rapport.

– Comment ça ?

– Aucun rapport sexuel avec les agents. Jamais. Jamais dans le boulot, Théo, jamais.

– Elle a des lèvres expressives, murmura Théo.

– Mmmm.

– Trop.

– Trop quoi ?

– Expressive, tout est expressif, chez elle.

– Des lèvres de comédienne ; chez les comédiennes, tout est expressif, dit Hans. Elles sont toutes inlassablement expressives...

Il suivait Brecht d'une fenêtre à l'autre.

Bertolt mâchonnait son cigare et feuilletait très vite les journaux occidentaux.

– Il lit *Time Life* et *France-Soir* ! remarqua Hans.

– Il a le droit.

Hans surveillait la silhouette et avançait les lèvres d'un air dubitatif.

– Pourquoi tu la baises pas ?

– Baiser n'est pas la solution.

Hans Trow entrouvrit doucement la portière pour vider le cendrier du tableau de bord.

– Pourquoi tu la baises pas ? Tu es amoureux... C'est quoi la solution !

– Pardon ?

– Baise-la !

Hans posa les jumelles sur ses genoux et regarda Théo.

– J'aime cette femme. La seule chose que je peux faire pour elle, c'est l'aider à passer à l'Ouest.

– Quand même, ça doit te faire drôle de la voir se balader d'une chambre à l'autre avec le gros !

– Qu'est-ce qu'ils ont fait ?

– Elle a rangé deux placards et ensuite lui a lu les journaux en enfumant sa chambre. Ensuite, ils ont dû faire des choses dans la salle de bains, sur le lit, sous le lit, je n'ai pas vu.

Après un silence, Théo répéta :

– Pourquoi tu la baises pas ? Tu la raccompagnes à l'Ouest et tu la baises à l'Ouest.

– Je ne veux pas.
– Tu ne peux pas.
– Non.
– Tu veux que je te dise ?
– Non.

Hans ajouta :

– Fous-moi la paix.

Il y eut un long silence. Hans se demandait pourquoi, depuis son adolescence, il cachait tout sentiment amoureux, pourquoi il le ressentait comme une honte. Il se souvenait d'une promenade dans les herbes folles, un été, au bord de la Baltique, un après-midi de grandes marées. Il devait déclarer son amour à Ingrid, qui passait son bac comme lui. Il y avait d'interminables touffes d'herbes folles, la grande marée, Ingrid qui avait éparpillé ses vêtements puis qui s'était baignée sans gêne, et lui était resté habillé, saisi d'effroi à l'idée de se déclarer, essayant de remuer des phrases dans sa tête et saturé de propositions idiotes ou indécentes, restant assis sur un muret, et regardant la fille qu'il aimait se baigner et la convoitant comme un malade, conscient de son blocage absolu. Il se sentait paralysé tandis que Ingrid s'enveloppait dans une serviette, puis s'était assise contre lui, grelottante, les épaules pleines de gouttes d'eau. Il se souvient de sa tresse qui bougeait sur sa nuque et qui devenait un objet si attirant et si fascinant qu'il l'isolait comme une image mentale.

Oui, la jeune fille avait sauté sur le sable mouillé, en riant, elle avait couru tandis qu'un orage montait derrière les villas.

– Tu es bloqué, dit Théo.

– Oui, dit Hans.

Hans remonta le col de son pardessus et sentit le froid gagner ses pieds.

– Tiens, grogna Théo, la voilà.

Une vague angoisse saisit Hans quand il reprit les jumelles pour suivre les évolutions du couple. La lumière changea dans la haute pièce, devint rose, comme si Brecht avait éteint la grande lumière du plafonnier et conservé l'éclairage indirect.

Brecht allongea alors le bras et voulut faire glisser doucement le peignoir mais Maria ôta sèchement le bras de Brecht de son épaule. Hans posa ses jumelles, se sentit lavé de toute angoisse.

Il se dit qu'il aimerait être dans une autre vie avec cette femme. Puis il se rassit et pensa qu'il préférait être dans cette vie avec elle. Il était évident que Maria n'aimait pas Brecht.

La silhouette rondouillarde de Théo Pilla s'entoura de fumée bleue. Un point rouge grésilla. Hans dit :

– Tu ne devrais pas fumer.

Hans vit dans le reflet de la vitre son propre visage et les traînées de neige formaient un paysage lunaire qui crevait ce dessin noir.

Théo dit :

– C'est pour tout le monde pareil.

Il ajouta :

– Tu sais, Hans, j'adore les femmes et quand je me dis que c'est une pauvre connasse, je peux la baiser !... mais quand je suis amoureux, je pense que c'est comme si je voyais la Sainte Vierge. Est-ce que tu vois ce que je veux dire ?

– Non.

Hans reboutonna le haut de son pardessus, glissa les jumelles dans l'étui et se dit que sa vie n'était qu'une suite d'actes incompréhensibles mais il savait au moins qu'il aimait sa patrie, qu'il aimait son métier, sa mission et qu'il aimait Maria Eich mais que rien ne tenait ensemble. Même parler, parfois, lui devenait pénible.

– Tu veux qu'on en parle un jour ? A fond ? demanda Théo.

– Non, dit Hans. Bonsoir, Théo.

Il remonta sans se presser le sentier entre les sapins. Le long du lac, les serpents lumineux se disloquèrent.

15

Au printemps, plusieurs incidents mirent Maria mal à l'aise. Ce fut d'abord une querelle dans la salle de répétition quand une des secrétaires du Berliner Ensemble vint leur montrer des photos de la troupe qu'on devait distribuer à la presse. Tout le monde se rallia à l'opinion d'une comédienne slavisante qui préférait Maria, le visage dans un foulard triangulaire, qui ressemblait à une jeune pionnière. Bien que Maria s'opposât à cette photographie qui, pratiquement, l'enrôlait et cachait son admirable chevelure, elle fut obligée de céder lorsque Brecht intervint et dit, d'une voix ironique : « Celui qui n'est pas cultivé perçoit souvent le beau quand les contrastes sont accentués, quand l'eau bleue est plus bleue, le blé blond plus blond, le ciel du soir plus rouge et les comédiennes bouclées comme des caniches... », Maria préférait ses photographies d'amateur posées sur sa table de maquillage.

Dans le couloir, après la répétition, Maria revint à la charge auprès de Brecht qui, en descendant l'escalier, lui assura avec une pointe d'agacement :

– Tout ce qui enjolive banalise, est étranger à l'art qui utilise un effet de distanciation, souviens-t'en !

– Bien ! répliqua Maria.

Le mot « bien » devint une de ses réponses familières. Et quand l'ambiance était trop pesante, quand elle se sentait dépourvue de ce « bon sens prolétarien » qui courait dans les couloirs tel un esprit de la forêt, elle se réfugiait dans un bistrot de l'Henriettenplatz et téléphonait à sa fille Lotte. Elle prit la vaillante Weigel en grippe. Elle passait devant les vitrines et les fenêtres des rues de son quartier en vérifiant sa beauté.

Enfin, autre malheur, convoquée pour recevoir des cartes d'alimentation, des bons et un bordereau spécial qui lui donnait un crédit avantageux, elle fut frappée, en sortant des bureaux, de voir des enfants qui avaient l'air affamé. Ils essayaient d'allumer des cigarettes occidentales. Elle voulut s'en confier à Hans qui témoigna d'un certain agacement au téléphone. Il lui expliqua « que les instruments de travail étaient bien répartis dans la ville ».

Il lui répéta, avec une sorte d'empressement un peu mécanique, qu'elle avait une mission. Il finit par lui demander comment se passaient les répétitions, et comment elle évaluait l'intérêt pédagogique des interventions de Brecht. Avait-il parlé de la Chine de Mao ? « Oui, un oui ardent, un oui de cœur pur », fut la réponse de Maria qui s'en fichait, ne rêvait que de prendre une tasse de café avec Hans. Elle aurait voulu rentrer chez elle, s'enfouir sous les draps et se réveiller avec lui.

Mais la voix de Hans au bout du fil coupa net la rêverie petite-bourgeoise de Maria :

– Mais d'où vient votre malaise ? Qu'est-ce qui vous choque ? Ce sont des broutilles que vous me racontez...

– Tout cela n'est pas drôle, bredouilla Maria.

– Pourquoi ?...

– Je sens que je vais échouer, dit-elle. Je rêvais de jouer Antigone sous la direction de Brecht. Je rêvais de Grèce où tout se consume au soleil.

Je voulais des dieux, une mer qui bouge, étincelle, éblouit et je me retrouve dans une maison de morts. Parmi des gens qui divisent le monde en salopards petits-bourgeois et classe ouvrière radieuse.

– Oui, dit Hans, un pays où la mer étincelle... La Grèce...

Puis ils revinrent à Brecht.

– Que vous apprend-il pendant les répétitions ?

– Ses interventions sont très discrètes. Brecht est assis dans la salle, il ne perturbe jamais notre travail, il ne sait pas tout mieux que personne et il ne donne pas l'impression de connaître sa propre pièce. Il a toujours l'attitude de quelqu'un « qui ne sait pas ». Si un comédien lui demande : « Est-ce que je dois aller là... quand je dis ça ? », souvent Brecht répond : « Je ne sais pas », mais propositions, déplacements, gestes, tout lui sert. Parfois il est pris d'accès de gaieté. C'est ce Brecht-là que j'aime !... Il aime s'entourer d'élèves très jeunes et, quand une proposition lui plaît, il la transmet et la fait sienne. Il est ouvert, détendu, il ne force rien... Il déteste que les discussions tournent autour de la psychologie, là il coupe court...

Tout en disant cela, Maria avait le sentiment vague qu'elle donnait une image trop bienveillante de Brecht. Elle aurait voulu montrer qu'il ne la troublait ni sentimentalement ni physiquement, qu'elle pouvait le juger sans le dénigrer. Elle craignait par-dessus tout que Hans Trow perde toute estime pour elle. Elle eût aimé tenir des propos lui prouvant son amour du devoir socialiste.

Quand, avec une gaieté inattendue, Hans Trow lui dit : « Un jour je viendrai assister aux répétitions, rien que pour hérisser les plumes de la colombe de Picasso ! », elle se demanda si elle n'avait pas atteint son objectif : l'émouvoir.

16

Théo Pilla jubilait. Parmi la montagne de bordereaux et rapports classés « confidentiels », il y avait une note d'un certain Richard A. Nelson qui avait longtemps séjourné à Hollywood. Dès l'arrivée de Brecht à Berlin, il avait transmis quelques éléments du dossier le concernant. Ils n'apportaient rien de bien nouveau sur le dramaturge qualifié par les Américains de « *of communist tendencies* », sinon que le FBI n'avait pas obtenu l'autorisation de mettre sur écoutes la villa de Brecht, à Santa Monica. En revanche, sa maîtresse et collaboratrice, Ruth Berlau, la belle actrice suédoise, avait fait l'objet d'une surveillance constante. Filatures, ouverture du courrier, rapports réguliers. Ce qui amusait beaucoup Théo, c'était le nombre d'erreurs qu'il pouvait relever avec délice dans les rapports du FBI. La paranoïa américaine était allée si loin qu'on avait cru que le contrat signé par Brecht auprès de la Warner, dont une copie était gardée à l'Université de l'Illinois, contenait des informations codées sous les termes juridiques employés. Il y avait aussi un rapport dans lequel l'auteur s'étonnait que Brecht manifeste un tel intérêt pour les appareils photographiques en 1944. Lui, Théo, savait pourquoi : Brecht passait son temps à photographier le ventre de Ruth Berlau enceinte...

A midi, Hans Trow partit manger un sandwich au cervelas le long de la Havel, puis il visita un petit musée de la Batellerie. Il était resté à peu près intact depuis sa jeunesse, quand il l'avait visité avec son père. Dans les vitrines, des maquettes, des péniches, des voiliers, des couteaux, des aiguilles à coudre les voiles, des photographies décolorées de vieux gréements. Hans Trow se demandait si Brecht croyait vraiment que le théâtre ferait émerger des forces révolutionnaires. Était-il en train de préparer sa fuite en Chine, ou, comme le disait Maria, en Autriche ? Il avait relu les notes de Maria, ouvert le courrier de Brecht. Pourquoi Brecht était-il venu s'installer dans ce pays où même le café est mauvais ? Lui qui aimait tant l'argent, les billets de banque, le confort ? Et même son idéal de femme le portait vers les Suédoises ou les Viennoises, sûrement pas les Berlinoises de l'Est et leur uniforme. Le matérialisme marxiste pouvait-il le transformer ? Lui, un ancien anarchiste ? Qu'espérait-il ? Que voulait-il ? La gloire ? Une revanche sur son humiliation américaine ? Couvait-il une vieille haine petite-bourgeoise familiale ? Rêvait-il d'une nouvelle Athènes ? Courait-il après des privilèges particuliers par jalousie envers l'enviable statut de Thomas Mann ?... Que voulait-il ?

Même son marxisme était anachronique, avec ce culte pour Rosa Luxemburg et Karl Liebknecht... Il fallait être un âne pour chercher de telles antiquités. Et puis ce zèle de théâtreux pour disposer des pancartes sur scène comme si les spectateurs étaient tous des demeurés.

Il sortit du musée et traversa un pont. Une vieille maison patricienne n'avait gardé intact que son perron, une façade aux bords de fenêtres noircis. A l'intérieur, une houle d'orties bercées par le vent.

Il revint dans son bureau, rangea des fiches et

se dit qu'il irait le soir assister à cette reprise de *Mère Courage* qui remplaçait *Antigone*. Ensuite, il scruta longuement le tableau noir, prit un morceau de craie et remplaça le petit chiffre *2* par un immense *3*. Il écrivit : deux guerres mondiales ? Non, la troisième est commencée mais personne n'y prend garde...

Quand il enfila son imper, il se dit que, ma foi, il allait s'occuper d'un auteur dramatique dont le dossier médical révélait qu'il avait peu de chance de vivre au-delà des dix prochaines années, étant donné l'état de son muscle cardiaque.

17

L'ÉCHEC relatif des représentations d'*Antigone* ternit l'image de Maria Eich. Brecht changea la distribution du *Urfaust* et lui confia un rôle effacé. Il accordait une grande partie de son temps à Käthe Rülicke.

Cette jeune comédienne travaillait aussi à la rédaction d'un supplément littéraire pour le *Neues Deutschland*, sous la direction de Stephan Hermlin. Elle avait beaucoup de charme.

Deux policiers attachés au nouveau bourgmestre de Berlin vinrent chercher Brecht en pleine répétition.

On fit monter le maître dans une antique Mercedes bleu-noir : hêtres, bouleaux, pins, érables, maçons et chantiers défilèrent dans le pare-brise.

Puis on entra dans le large bâtiment ; Brecht

gravit des escaliers, escorté par une femme en tailleur brun et chignon serré. Il pénétra dans le bureau du bourgmestre. Des piles de tracts. Sur les lambris de chêne, on avait suspendu un sous-verre : une photo d'Ulbricht à Moscou, en compagnie de Staline.

Quand il ressortit de cet entretien, Brecht raconta :

– Le bourgmestre ne m'a dit ni bonjour ni au revoir, il ne m'a pas adressé une seule fois la parole et a laissé parler ses deux collaborateurs. Il n'a eu qu'une phrase sibylline sur mes incertains projets qui détruiraient des choses existantes. Bien sûr, Ackerman, Jendretzky ont proposé des *Kammerspiele*. Il fut aussi question de mesures d'économies. On m'a écorné les oreilles avec cette entreprise petite-bourgeoise : « A chaque homme du peuple, sa loge de théâtre attitrée. »

Il ajouta :

– Je me suis senti bizarrement sali, presque avili. Pour la première fois, je sens l'haleine fétide de la province.

Brecht se montrait de plus en plus irritable. Il s'en prenait à tout le monde avec une grande injustice, ce qui ne lui ressemblait pas. Il fallait de plus en plus de paperasses pour se déplacer dans Berlin, et il commentait les faits avec une ironie terrible que Maria Eich notait vite sur un carnet dès qu'il tournait le dos. Relation au monde, attitude, jeu, succès, dîners, questions, avenir : tout devenait sombre.

Même les femmes de ménage qui entretenaient le Berliner Ensemble parlaient à voix basse. Puis il tomba mystérieusement malade, et ne put participer au Congrès des écrivains. Il envoya une lettre à son président. Il partit en compagnie de Käthe Rülicke, Klaus Hebalek et Peter Patzlich pour la ville de Rostock. Là, ils suivirent de près les dernières répétitions du *Don Juan*, mis en scène par Benno Besson. Käthe, avec énergie, participait aux discussions, intervenait et prenait des positions qui plurent énormément. Brecht avait trouvé en elle non seulement une ravissante comédienne pleine d'admiration envers lui mais une collaboratrice intelligente. Un coup de téléphone prévint Maria de ce qui se passait.

Le triomphe de cette adaptation de *Don Juan* de Molière fit entrer Maria dans une période de disgrâce. Elle n'était plus qu'une potiche érotique posée sur une étagère au-dessus de la table de chevet du grand maître. Elle était le jouet d'un maquereau. Elle se répétait « maquereau ! », « maquereau ! », « maquereau intellectuel ! mais maquereau quand même ! », tout en sachant que la situation ne se résumait pas à une simple insulte. Les mots, même triviaux, ne la protégeaient pas de l'immense déception qui la creusait jour après jour.

Elle quittait souvent sa loge et traînait le long de la Havel ; elle fumait des cigarillos pour se sentir à la hauteur. Elle s'était figuré sa vie à Berlin sous de plus ravissantes images. Elle mesurait les enjeux de la sournoise campagne de presse qui visait à faire passer Brecht pour un formaliste, elle s'en mêla et multiplia les rapports. Elle s'efforçait de donner des renseignements de plus en plus précis à Hans Trow. Les notes devinrent toutes défavorables à Brecht. Maria qui, il y a quelques mois encore, considérait le Berliner Ensemble comme une bande de joyeux drilles assez naïfs pour croire éduquer le peuple, se mit à noircir la situation. Elle insistait sur les conflits, les vantardises, l'opportunisme des proches de Brecht. Elle connut la noire jouissance de livrer des secrets, de salir des réputations. On l'avait traitée en marionnette ? On allait voir... Ses notes, incisives, précises, réduisait Brecht, ses travaux, ses conversations, à des élucubrations de jouisseur petit-bourgeois qui se servait de la dialectique pour obtenir des privilèges. Elle le décrivait debout à son pupitre, se demandant comment courtiser les femmes de dignitaires, comment ruser avec les directives de l'Union des écrivains. Elle livra même quelques brouillons de poèmes dans lesquels Brecht avouait que, à court d'inspiration, ne soufflait plus dans sa tête que le vent du néant...

Hans Trow fut mal à l'aise en lisant ces notes. Il se mit à les classer à part, fréquenta davantage les couloirs du Berliner Ensemble sous un prétexte ou un autre, histoire de vérifier. Il traînait dans les bureaux de l'administration, flânait, écoutait. On le retrouvait derrière les hautes vitres de l'Académie allemande des beaux-arts, Kochplatz. Des vieux comédiens ressortis opportunément de placards mités se plaignaient des méthodes de Brecht. On évoquait des engagements qu'il avait pris avec un éditeur de l'Ouest, un climat de marivaudage érotique qui tournait au scandale chez les vertueux combattants de la libération du prolétariat.

Une jeune comédienne venue de Pologne, en pull marin, longs cheveux sur les épaules, pénétra une fin d'après-midi dans la loge de Maria et lui dit :

– Vous avez été sa maîtresse ?

– Je le suis toujours.

– On dit qu'il en a eu beaucoup, qu'il en a beaucoup.

– Oui.

– Vous l'avez trompé ?

– Non...

Elle déclara alors :

– Moi je peux coucher avec n'importe qui, ça ne me fait ni chaud ni froid. Me faire tripoter par un vieux ou par un jeune, je m'en fous du moment qu'il tient assez à moi pour me donner du fric. Au fond, l'argent c'est la seule façon de savoir si un homme tient un peu à vous...

– Je trouve que c'est mal ce que vous dites.

– On verra ça quand vous serez dans votre cercueil, mangée aux vers ; d'ailleurs, votre table de maquillage c'est votre cercueil. Vous avez eu combien d'amants dans votre vie ? Ça a dû se bousculer au portillon.

Et ajouta :

– Vous avez un enfant ?

– Oui.

– Moi aussi. Et ça me fait chier d'introduire mon petit garçon dans une société que je tiens pour usée, débile, prétentieuse avec des slogans idiots.

Le soir même, au lieu de rejoindre Brecht au club de la Mouette, Maria marcha le long de la Spree. Péniches, ligne de lumières des autres quartiers, folie de vivre sans vraies étreintes. Sentiments brûlés.

Elle rêvait de prendre des bains sur une île grecque, de rejoindre son père et sa mère qui étaient devenus de braves petits vieux qui tiédissaient au soleil dans leurs chaises longues. Elle se dit que ses pas ne marquaient plus, que son ombre se réduisait le long des murs, que son univers intérieur était envahi par du vide, du vent. Elle aurait voulu des vaguelettes scintillantes à l'infini pour perdre conscience, devenir une algue. Elle se mit à l'abri pour éviter une averse. Elle l'écouta exactement comme elle l'écoutait dans les collines boisées autour de Vienne. Une vieille porte qui lui rappelait le jardin de son adolescence l'attira. Sa joue sentit le frais du bois. Un vieux radiateur piqueté de rouille fut son compagnon pendant quelques instants. Elle se demanda si Brecht avait une âme, une enfance, elle n'en voyait aucune trace en lui...

L'Ouest et les secteurs alliés publiaient des communiqués menaçants. La propagande faisait rage, dure, brutale. Les journaux d'Allemagne de l'Ouest se déchaînaient contre les dirigeants de Pankow. L'Église catholique, surtout du côté de Munich et de Rome, jetait de l'huile sur le feu. Les tempêtes de neige ne cachaient plus les incessants décollages et atterrissages d'avions militaires. La morale socialiste était ridiculisée par les éditorialistes à la solde des Américains. A Berlin-Est, dans les ministères, des équipes de fonctionnaires affichaient un zèle inquiétant. On discutait longuement pour savoir si la théorie léniniste de la connaissance était respectée sur les scènes allemandes. On multiplia les filatures, on ouvrit le courrier, on brancha des écoutes téléphoniques. Maria se sentait à nouveau utile dans ce vaste mouvement de reprise politique et d'élan révolutionnaire. « D'un cœur pur de plus en plus ardent », elle s'adonnait à son devoir et se montrait experte au lit avec Brecht, se donnant, se refusant, s'offrant, notant avec fébrilité le moindre de ses propos.

Son travail de renseignement la mettait de bonne humeur, lui donnait une curieuse gaieté : elle se réjouissait avec aigreur d'apporter sa contribution à une tâche dénonciatrice. Quand elle écoutait les merles chanter près de la cuisine, par la fenêtre ouverte, elle se sentait à l'unisson. Eux aussi se dénonçaient les uns les autres, d'une branche à l'autre. La nature de l'État, la nature de son travail, la Grande Nature primordiale travaillaient d'un même élan. L'Honneur... la Fierté... la Vertu... les merles... et ses fiches de renseignements apportaient la joie à cette nouvelle Nation. L'Histoire, les hommes et les oiseaux se débarrassaient d'un vieux monde pourri en chantant. Et chantaient la naissance d'un nouvel ordre sur les ruines de l'ancien.

Elle se sentait merle parmi les merles.

Brecht, lui, se partageait entre trois charmantes actrices. Enchanté de voir Maria de si bonne humeur, il ne cessait de multiplier les petits cadeaux. Levé de bon matin, il chantait en laissant chauffer le thé. Il lui annonça un matin qu'il l'invitait à passer tout l'été dans sa maison de Buckov. Maria nota l'information puis la transmit à Hans Trow avec les dates. Tout cela échouait au ministère de la Sécurité d'État.

Un planton pénétrait dans un vaste bureau, clair, arrondi, le général Orlow (nom de code) se levait lourdement et prenait les procès-verbaux avec un grognement. Claquement de talons. Il congédiait le planton d'un geste maussade puis, la porte fermée, commençait à déchirer de son index le pli, sortait la paperasse, parcourait ça avec une moue. La décadence de l'Ouest, *westliche Dekadenz*, imbibait les propos de ce Brecht. Il lisait vite, puis téléphonait à Otto Grotewohl, *Ministerpraesident.* Il tenait les preuves du jeu pernicieux de Bertolt Brecht. Brecht ? Un adversaire de la dictature du prolétariat. Un séparatiste dans un État qui avait, plus que jamais, besoin d'unité face aux agressions impérialistes yankees. Au fond, il aurait préféré avoir une conversation avec le général Clay plutôt qu'être obligé de lire les rapports sur Brecht et sa bande.

Buckov

1952

1

EN février 1952, Brecht et Hélène Weigel avaient visité un beau terrain au bord du lac de Scharmtüzel, à une heure de Berlin. Vieux grands arbres, maisonnette modeste, ombragée. Plus haut, une maison spacieuse, blanche à toit brun, avec une large baie vitrée en angle. Ajoutez un patio pavé, une serre. Immédiatement, la propriété leur évoqua la maison de Svobostrand au Danemark, en 1933.

Brecht aima cette maison entourée de pins, de rosiers sauvages, le lac gris, l'allée, les vieux bancs, une serre.

Weigel s'installa dans la vaste maison qui dominait, exactement comme elle s'était installée au Berliner Ensemble. Pour recevoir, animer, réfléchir, décider, écrire, régner.

Il choisit la maisonnette de briques brunes proche de l'eau.

Pendant tout l'été 52, Weigel s'occupe de lancer les invitations. Elle est parfaite pour organiser l'intendance, changer les draps des lits, préparer les menus, faire cirer les meubles, donner les directives à la cuisinière. Maria Eich loge dans la maisonnette. Elle regarde travailler le maître quand le matin est encore frais, quand le lac scintille.

Brecht travaille tôt, avec la fraîcheur. Maria lit *Coriolan* devant la porte, pas loin de la serre, ou appuyée contre les pins. Brecht a trouvé une table d'auberge. Tous deux ont repeint les pieds en fer et deux fauteuils de jardin. Brecht prolonge ses siestes en lisant un volume d'Horace mais il le trouve trop bienveillant envers des poètes faibles, exactement comme lui-même, Brecht, se sent entouré de conseillers, de dramaturges et de poètes éminemment faibles qui rédigent des adaptations lourdaudes.

– Ils entrent dans le rythme des poèmes comme une vache marche dans un trou, dit-il à Maria.

Il lit avec grand soin la *Taglische Rundschau* et

le *Neues Deutschland* pour savoir qui sera attaqué. L'Académie des arts ? Ses proches ? Lui ?

Maria aime prendre les rames d'une vieille barque dans la remise, les installer dans les taquets et se promener le long des roseaux. Souvent, elle tapote un baromètre pendu dans le couloir. Hélène Weigel lui dit :

– Alors, tout va bien ?

– Tout va bien.

– Il fait chaud...

– Vingt et un dans le couloir.

– Vous avez l'air d'avoir chaud.

– Non, ça va.

– Mais si, vous avez chaud...

– Vous vous plaisez ici ?

– ...

– Vous avez l'air de vous ennuyer. Voulez-vous que je change les draps de votre lit ?

– C'est fait.

Quand il s'endort dans son fauteuil d'osier, Brecht rêve de plus en plus souvent à ses parents. La voix fade de son père, la voix proche de sa mère, la profonde concentration de sa mère qui lui lit Luther.

Quand il dort, Maria prend les lunettes du maître, regarde à travers les verres en nourrissant en secret l'idée qu'elle verra avec les yeux du génie. Elle ne voit que les dalles, l'herbe, la silhouette de la Weigel plantée devant la serre. Elle sourit avec une expression de modestie qui est son orgueil. Maria repose les lunettes et quitte l'endroit en songeant que pour les « appels d'urgence », elle n'a plus personne, plus de contact. Hans est-il toujours à Berlin ? Brecht somnole lourdement, très loin dans les replis de sa fatigue cardiaque. Les rues d'Augsbourg apparaissent, pâles, soirs interminables, les martinets volent au ras des arbres, annonçant l'orage. L'enfant Brecht demande :

– Il y a quoi au ciel ?

– Le paradis.

– Tu es sûr ?

– Absolument, Bertolt.

– Mon frère Walter dit le contraire.

Plus tard, quand la partie vitrée de la serre est devenue sombre sous le soleil et que le dos de Brecht a légèrement glissé du fauteuil d'osier :

– Tu rentres ! Tu rentres, Bertolt ? !!!

– Et mon frère Walter ?

– Lui porte une cravate, il est propre, il se lave les mains ! Il range sa chambre ! Il fait attention, sa chambre n'est pas un bordel !

– Non, je rentre pas.

Quand Brecht se réveille, le bleu du ciel est devenu noir. Ciel tremblé, jardin dans l'infatigable beauté d'été, vivante, envahissante. Il ne peut rien attraper, il éprouve une subite terreur, le peu de temps qui lui reste, le monde est absent... Moment sans signification, chaviré, instable, fuyant. Il ne voit que le maillot de bain de Maria étendu sur la clôture. Il a envie de bras frais, d'un corps frais qui sent l'avenir. Il nage dans l'eau sombre. Le néant coule à plein bord autour du lac.

Obscurité, froissements, murmures. Les eaux du ciel, les eaux du lac. Le sentier et les grands arbres. Maria et Bertolt se dirigent vers la même clôture chaque soir. Les champs s'ouvrent en pente douce. Ondes d'herbes, haies touffues, cimes de sapins noirs. Le lac brille. Des nuages se dispersent avec une lenteur qui suggère des courants puissants en altitude. Brecht met une main en visière pour regarder cette bordure du ciel.

Un soir que Maria et lui se promènent sur la route qui longe le lac, Maria aperçoit une Mercedes grise. Elle roule lentement à l'ombre d'une haie. Elle fait penser à une voiture de patrouille de police. Maria distingue trois têtes à l'intérieur dont celle de Théo Pilla, mais, malgré sa surprise, elle ne cesse de parler de la distribution des rôles et des nouvelles répétitions de *Coriolan*. Un seul regard furtif vers Brecht, son inquiétude. Il fait semblant de l'écouter, elle fait semblant de lui parler, puis, soudain, il lui coupe la parole, se tourne vers elle et dit :

– Nous avons gaspillé notre temps !

Plus tard, il a monté le petit escalier de bois qui mène sous les combles ; il a installé là un étroit pupitre sur lequel il écrit des textes lapidaires avec un gros crayon bleu. Par la minuscule fenêtre aux vitres épaisses, il regarde le jardin.

Ce soir-là, il a écrit :

Debout à mon pupitre
J'y vois par la fenêtre, au jardin, le sureau.
J'y distingue du rouge et du noir,
et brusquement je me rappelle le sureau
de mon enfance à Augsbourg.
Pendant plusieurs minutes, je me demande
très sérieusement si je vais aller chercher
mes lunettes sur la table,
pour voir
à nouveau les baies noires sur les rameaux rouges.

2

PASSÉE l'agréable surprise de loger dans une jolie demeure entourée de vieux arbres, Maria Eich s'engourdit. Elle est dans un curieux état d'esprit. Elle se sent de plus en plus décalée. Sa chambre, au nord, est humide et donne sur des branches couvertes de pucerons. La nuit, elle respire un air moisi. Trois journées d'un vent assez fort ont posé des nuages larges, gris, fluviaux. Le vent tord les feuillages.

Bien sûr, elle est encore considérée comme la favorite ; bien sûr, elle a été remarquée dans *La Cruche cassée* de Kleist ; bien sûr, elle s'est sentie proche de Ruth Berlau qui, dans ses vieux pulls, garde entrain et fraîcheur. De plus, Ruth l'a remarquablement photographiée dans le rôle d'Ève, avec le bonnet blanc et la jupe paysanne.

Souvent, tôt le matin, entre brouillard et

soleil, elle se faufile dans le couloir, foulard sur la tête et romans sous le bras. Elle se cache dans la serre, parmi les pots détériorés et les plantes envahies d'herbe. Elle prend une chaise de jardin qu'elle installe à la verticale d'un panneau dépoli très épais qui projette une lumière aquatique sur le carrelage.

De là, elle guette les invités qui entourent Brecht : des comédiens de Dresde, des étudiantes, Paul Dessau... Elle reste là, à rêvasser autour de ce groupe de jeunes femmes qui pressent Brecht de questions.

Avec courtoisie, et lassitude polie, il accueille remarques, questions. Elle-même a appris auprès de lui cette amabilité inusable qui vous vide le cœur mais qui permet, en revanche, de devenir une excellente désespérée souriante. Dans ses multiples rapports destinés à Hans Trow (au rythme de deux par semaine), Maria Eich ne peut s'empêcher d'élargir ses notes au passé de Brecht qui resurgit au fil des soirées arrosées.

Plus de la moitié de ses rapports pour Hans Trow concernent des anecdotes sur Hollywood, sur l'ouvrier américain « compromis par la bonne vie ». Elle se perd ainsi dans des détails bizarres. Elle raconte trois fois, par des témoins différents, le passage de Brecht devant le Comité des activités anti-américaines avec la presse, la radio, le cinéma. Elle raconte qu'il avait donné lecture de sa pièce didactique. Elle retrouve même des coupures de presse des journaux américains. Elle les photographie avec le petit Kodak à soufflet. Elle ne sait pas que Hans et son service en possèdent déjà une copie fournie par une autre comédienne.

Elle rédige un long mémoire pour raconter que le soir où le président Roosevelt a été réélu, Brecht se promenait avec un verre de bière à la main dans la villa d'un ami, parmi les robes d'une « party ». Groucho Marx et Charlie Chaplin furent les seuls à se réunir autour d'un poste de radio pour connaître les résultats précis des élections. Maria rédige également deux paragraphes sur Charlie Chaplin et l'influence capitale qu'il a exercée sur Brecht, notamment à propos de la pièce *Puntila et son valet Matti*. L'idée qu'un patron devient humain quand il est ivre et aime ses ouvriers et accepte leurs revendications et que, le matin, à jeun, il redevient odieux, cette idée, il l'a empruntée à Chaplin dans *Les Lumières de la ville*.

Hans Trow se demandait si le zèle de Maria

pour le renseignement ne cachait pas une secrète ferveur vaguement amoureuse pour Brecht. Le « Je vous écoute » d'une source de renseignements se transforme facilement en un « Je vous comprends ». Les rapports récents permettaient une telle interprétation. D'autant qu'en croisant les rapports de Maria avec les notes d'autres informateurs, il ressortait que Brecht devait travailler à des textes « top secret » qu'il ne communiquait à aucun de ses familiers, écrivait au creux de la nuit. Il mentait à tout le monde avec entrain. Il faisait disparaître certains poèmes on ne savait comment. L'argent filait vers les banques à Zurich...

Hans Trow avait demandé à Maria de s'en inquiéter et de jeter un coup d'œil dans les greniers, derrière la baignoire et de multiplier les rencontres inopinées. Mais la question demeurait : Maria Eich était-elle entrée dans le cercle de l'admiration brechtienne ? En usant du procédé qui consiste à croiser et recroiser les témoignages, Hans Trow en conclut que si l'entreprise de séduction de Brecht avait échoué, en revanche, son rayonnement intellectuel jouait à plein et influençait Maria.

Théo Pilla, lui, refusait de prendre les rapports

de Maria au sérieux. Mais, un jour, son attention fut attirée par ce qu'elle racontait : Brecht, un soir, devant un excellent cognac français avait parlé d'Anna Seghers avec bouffonnerie, puis, dans un accès de bonne humeur, avait qualifié Berlin – tout entier – de « sabbat de sorcières où, par-dessus le marché, on manque de manches à balai ». Il était sorti de son bureau et avait placé la note sous le nez de son supérieur.

– Vous allez apprécier, Hans... Vous m'entendez ? Berlin, « sabbat de sorcières ! »...

– Une de nos sources prétend que Brecht a écrit plusieurs poèmes chiffrés contre Ulbricht et Grotewohl.

– Vous y croyez ?

– Bien sûr.

Hans étalait des planches-contacts sur le marbre, des « photographies de photographies ». Elles montraient un Brecht rayonnant au cours de son séjour en Finlande avec sa maîtresse Ruth Berlau, qui n'avait jamais été aussi gaie qu'à cette époque. Les clichés la montrent dans une forêt de bouleaux, devant une tente de camping, au bord de la mer en maillot de bain, à l'entrée d'un village inconnu. Avec un chemisier qui bâille, un short clair, une coiffure somptueuse, un visage éclatant de bonheur, des fesses rebondies, chacune des photographies trouble, excite. Il en émane une volupté animale. Un aussi bel été, une aussi admirable jeune femme. Tout suggérait la folie érotique.

Maria avait même noté que, au dos d'un cliché, Brecht avait écrit au stylo : « Ma queue pour ton royaume ! »

Les journées glissaient en douceur à Buckov. Grises ou claires, ensoleillées ou ternes. Le teint de Brecht devenait plus blanc, ses bajoues plus épaisses, son pas plus lourd. Hans était bombardé de notes plus ou moins utiles. Mais il eut confirmation de l'évolution de Maria lorsqu'elle recopia un poème de Brecht écrit à six heures du matin devant un lac plombé, un ciel bas. Le poème, tel qu'elle l'aimait, deviendrait justement une des pièces capitales du procès qu'on intenterait un jour à cet artiste du peuple.

Ô Allemagne, comme tu es déchirée,
Et tu n'es pas seule chez toi
Dans les ténèbres, dans le froid
Chacune veut oublier l'autre.

La maîtresse de Brecht

Tu aurais de si belles plaines
Et tant de villes bien vivantes.
Si tu te fiais à toi-même
Tout ne serait qu'un jeu d'enfant.

Les services de la Stasi tenaient là une pièce maîtresse. Ce poème, joint à la note de Hans Trow, remonta jusqu'au premier secrétaire du parti qui montra le poème « secret » à Grotewohl. Celui-ci le mit sur le compte de l'expression caricaturale d'un artiste qui avait vécu trop longtemps en exil et devenait amer.

La note resta dans un des tiroirs. On comptait bien s'en servir un jour. Il suffisait d'attendre que les représentations du Berliner Ensemble fassent bâiller d'ennui tous les ouvriers berlinois pour envoyer le poème à Moscou.

3

HANS Trow et Théo Pilla s'étaient assis dans l'ombre de l'étable. Ils surveillaient le lac. Là-bas, dans l'air brûlant, Brecht et le musicien Paul Dessau discutaient, assis devant une partition posée sur la table de jardin. Des comédiens les entouraient.

Théo murmura :

– Je le vois ! je le vois !

Assis sur une souche, Hans posait une tranche de salami sur du pain noir.

– Je le vois ! je le vois !!!!

Effectivement, il y avait Brecht, son cigare, sa casquette inclinée sur le nez comme un grand-père qui s'apprête à faire la sieste.

– Il est fatigué, non ?

Dans le foyer lumineux il voyait des insectes qui vibrionnaient, particules dorées dans la masse du feuillage. Il perdait Brecht puis le retrouvait, incapable de maîtriser les focales de cette énorme paire de jumelles. Halo, illuminations, contre-jour dévorant tout avec soin, ombre lumineuse ; enfin il réussit à stabiliser.

– Il n'est pas neuf-neuf.

– Ils l'écoutent ?

– Non.

– Il est même usé.

– Beaucoup ?

– Très usé.

– Qu'est-ce qu'ils font ?

– Ils le regardent.

– Et lui ?

– Il parle ; il est en train de parler, et les autres écoutent...

– Donne les jumelles.

– Ça me fait de la peine de voir tous ces types qui croient ce qu'il dit.

– Il les étouffe de bla-bla, de théories, ça les rassure.

– Qui ?

– Les comédiens.

– Je me demande si ce sont de vrais comédiens.

– Ce qui veut dire ?

– Que personne n'est parfaitement comédien.

– Il parle sans lever les bras ; tu as remarqué ?

– Il dialogue en ligne directe avec Dieu. D'égal à égal...

– Il est très fort au poker.

– Ça me crève les yeux, ce genre de jumelles. Je préfère les jumelles de marine.

– Tu crois qu'ils le vénèrent tous ?

– Oui, répondit Hans. Passe-moi les jumelles.

Les insectes bourdonnaient autour des invités. Hans découvrit une femme magnifique, la comédienne Käthe Reichel. Puis retrouva dans un halo le visage ravissant, si clair de Maria Eich... Il vit un instant les joues pas rasées de Brecht, ou plutôt ses bajoues. Il fit défiler les visages des jeunes comédiens. Il eut la nostalgie d'une communauté de jeunes gens, quand il était étudiant en droit à Leipzig, les discussions, la familiarité, les bourrades.

Théo lui prit les jumelles et commença à les régler à sa vue. Puis, après un long silence de contemplation, il fit :

– Ssssss...

– Quoi ?

– Ils partent tous les deux.

– Montre !

– Hmmmm. Ils partent tous les deux... Ils vont se cacher...

– Montre.

– C'est vrai, il n'est pas neuf-neuf. Il a du mal à marcher...

Il suivit Maria et Bertolt en train de glisser sous les grands arbres en suivant le ruisseau. Leurs silhouettes s'émiettaient sous les feuillages.

Le couple s'arrêtait. Brecht parlait, s'arrêtait de marcher en agitant les bras. La rive était détruite par le soleil.

Théo passa les jumelles à Hans.

– Je ne vois rien.

– Ils sont sous le feuillage, regarde les pieds. J'adore !... Le cochon !...

Il murmura vite :

– Je ne vois que leurs pieds mais je crois que ça marche... ça marche magnifiquement !...

– Comment ?

– Ils sont gais.

– Qu'est-ce que tu vois ?

– Rien, simplement la robe rouge de Maria. Sa nuque est splendide.

Le couple disparut sous les chênes.

– Bon, dit Théo, veux-tu me rendre les jumelles, s'il te plaît ?

– Certainement pas.

4

ELLE aimait ces temps gris, avec les rives du lac un peu ternes, ces roches d'un brun-rouge, ces lignes de verdure touffues et mornes, ces herbes qui évoluaient en vagues sous la brise, ces lichens d'un vert acide. Des nuages stagnaient et devenaient si clairs à l'horizon qu'ils donnaient le sentiment de produire leur propre luminescence et de répandre une douceur sur les collines alentour ; les chaises de jardin, les chaussures de toile qui séchaient sur le rebord d'une fenêtre, le muret et ses rosiers sauvages, les odeurs de pierre chaude, le chêne et son frémissement noir diffusaient quelque chose de vertigineux. Enfoncé dans un coin de ciel...

Maria tapotait le baromètre du couloir pour voir l'aiguille osciller.

Un lundi, György Lukács rendit visite à

Brecht. Maria les vit marcher sur le sentier du lac, vers les roseaux. Hélène Weigel s'était habillée avec élégance. Chemisier blanc à col pointu, gilet à fleurettes, robe d'un bleu indigo avec motifs persans, très jolies chaussures de toile et de corde et une petite montre suisse récemment offerte par Brecht. Elle partit cueillir des fraises vers le pavillon de bois, là où, plus tard, Lukács prit le thé avec Brecht. Ils parlèrent d'un obscur écrivaillon qui traduisait Horace avec un sens du rythme « comme une vache marche dans un trou », selon l'expression de Bertolt. Ils parlèrent du Faust, de Goethe, de *Coriolan* et se mirent à travailler sur Shakespeare. Lukács traîna une table d'auberge au soleil, sur l'herbe. Pendant qu'il parlait, Brecht regardait cet homme massif et ses grosses lunettes, sa chemise, ses manches courtes, ses doigts rugueux et se dit que ce pape de la critique marxiste n'avait cessé de l'attaquer pendant vingt ans. Mais Weigel l'avait invité... Brecht ouvrit un cahier et nota quelques idées pour son *Coriolan* tout en pensant : Ce Lukács, fasciné par le problème de la décadence, ne comprend rien. Pour lui, la lutte des classes n'est qu'un problème creux...

Ensuite, vers midi, fumées entrelacées sur la

table du jardin. Brecht parle rosiers. Weigel apporte le panier de fraises et commence à les laver et les équeuter. Le cigare de Brecht fume tout seul sur le bord de la table... les nuages très hauts ont la courtoisie de ne pas aborder le centre du lac.

Théo Pilla, de la grange, surveille les allées et venues de la maisonnée. Dans le pavillon, Maria essaie les manteaux de fourrure de la Weigel, les bracelets, les boucles d'oreilles, un col en renard. Elle déplie un mouchoir pour en sentir le parfum de lavande. Ensuite, elle part vers la forêt, ses odeurs résineuses, puis elle se déshabille, enfile son maillot de bain et plonge dans l'eau verte. Son plongeon ne détourne pas l'attention de Brecht et de Lukács. Lukács suçote une branche de ses grosses lunettes achetées à Moscou. Brecht regarde le cendrier, fasciné. La mince fumée qui monte en filet. Spirales, cercles, déchirures. Que de cendres. Son premier fils mort sur le front russe, Margarete Steffin, morte dans un hôpital de Moscou, tous les comédiens morts, et ceux qui aujourd'hui survivent, tuberculeux, dans les couloirs du Berliner... Hitler a transformé son pays en paysage gris cendreux. Le pacifisme est mal vu à l'Est et à l'Ouest. Le cendrier fume encore. Brecht le passe à Maria, revenue de sa baignade, qui le vide dans la poubelle sans savoir que les pelletées de cendres commencent à emplir la tête de Brecht.

L'après-midi, la chaleur monte. Le lac scintille. Les deux officiers de renseignements balaient le paysage de leurs jumelles.

Hans, lui, scrute le visage de Brecht, les bajoues, la petite lippe de la lèvre inférieure. Il ressemble à tous ces petits vieux un peu courbés et somnolents qui restent assis sur un banc, au bout du village, le regard vide. Hans ne peut s'empêcher de fixer ce visage lourd, empâté, les cheveux clairsemés dont les mèches courtes, en revenant sur les tempes, suggèrent on ne sait quel empereur romain usé par les plaisirs. Il pense : Un masque.

A en juger par leurs petits signes de tête, il existe une familiarité plus grande que Maria ne veut bien l'avouer entre elle et Brecht. Dans le double cercle bleuâtre des jumelles, on croit même entendre le tutoiement et la gaieté, tandis que Brecht reste lointain, tranquille, mais pas indifférent aux attraits de la jolie Viennoise. Elle n'a pas été, jusqu'à présent, très bavarde.

A cette heure, tout est suspendu, le vent tombé.

Maria est rentrée dans la maisonnette. Dans le cabinet de toilette attenant à la chambre de Brecht, parmi les vestes grises qui pendent sur les cintres, elle manipule la petite serrure à combinaison d'un coffre, puis elle sort un tas de papiers. Ayant posé les feuillets sur l'embrasure maçonnée de l'étroite lucarne, elle photographie. Écriture régulière de Brecht. Bleue et arrondie...

Derrière les sapins, on entend les jeunes voix d'un choral de Bach, très loin vers les arbres. Maria sent une présence, quelque chose comme un déplacement des ombres. Elle se plaque contre le mur. Comme il ne se passe rien, elle dispose avec soin les feuillets dans le coffre gris, brouille la combinaison, actionne le levier de l'appareil photo pour rembobiner la pellicule, et replace l'appareil dans sa gaine de cuir. Elle cache le Kodak sous les écharpes qui tapissent le fond de sa valise de toile. Quand elle ressort, il fait étrangement moite ; la Weigel, dans une chaise longue, sous les chênes, emplit une grille de mots croisés avec un crayon rouge. Les flammes des bougies vacillent.

Elle demande :

– Voulez-vous du thé ?

– Non, merci.

Hélène Weigel ferme les yeux. Puis elle les rouvre et demande :

– Vous ne trouvez pas que c'est une belle nuit ?

– Une très belle nuit.

Elle ajoute :

– Dans un très bel endroit.

– Vous connaissiez Buckov ?

– Absolument pas.

– On l'appelle la Suisse brandebourgeoise, dit Hélène Weigel.

– Vraiment ?

– Oui, la Suisse brandebourgeoise...

Il y a un silence et Hélène Weigel dit :

– Comment ?

– Je n'ai rien dit, répond Maria Eich.

– Je croyais que vous aviez parlé.

– Non, je n'ai rien dit.

– Que pensez-vous de Käthe Reichel ? demande Hélène Weigel.

– Elle est charmante.

– Oui, je le pense aussi.

On entend les jeunes voix qui répètent le choral de Bach sous la direction de Paul Dessau.

– Quel endroit merveilleux, dit Maria Eich en remontant sa robe sur ses genoux.

– Oui, dit Hélène Weigel.

– Vous vous endormez...

– Non, pas du tout.

Il y a un autre long silence, les voix se taisent.

– Que fait Brecht ? demande Hélène Weigel.

– Il lit Horace, dit Maria Eich.

– Il fait semblant.

– Non, il lit vraiment Horace.

– Ce qu'il lit, ce sont des romans policiers américains.

– Américains ? Je croyais qu'il préférait les anglais.

– Américains.

Il y a un silence.

– Vous pensez que Käthe Reichel sera bien dans le *Urfaust* ?

– Sans doute...

– Alors elle sera bien...

– Brecht a décidé qu'elle sera bien, dit Hélène Weigel.

– Alors, elle le sera.

– Mais vous, personnellement, demande Hélène Weigel, vous la trouvez bien ?

– Non.

- Quelle belle nuit, dit Hélène Weigel.

5

POURQUOI, depuis plusieurs nuits, Hans Trow faisait-il toujours le même rêve ? Il circulait dans un wagon-restaurant bleu velouté avec des globes blancs. Les menus étaient rédigés en russe, le train filait vers Moscou. Il prenait un café quand un sous-officier soviétique, avec une vareuse douteuse, s'asseyait brutalement en face de lui et lui annonçait la mort de son père.

– Mais mon père est mort depuis six ans.

– Non, il est mort ce matin.

Il y avait le bruit régulier du train, il donnait l'impression de rouler sur des morts. Le sous-officier notait la réaction de Hans et levait les yeux vers lui en lui disant :

– Vous n'éprouvez rien à la mort de votre père ?

Puis il repartait et Hans ne pouvait s'empêcher

de penser qu'il se rendait à une sombre fête, qu'il allait participer à une orgie de slogans officiels. Les villes de l'Est étaient toutes assoiffées de slogans. Tout le monde se souciait de morale, chacun voulait tisser une nouvelle étoffe d'un rouge vif pour cacher le rouge des drapeaux à croix gammée. La hâte d'aller vers une nouvelle orgie à Moscou. Hans se disait que les Dieux à Moscou dirigeraient leur colère vers Berlin. Il se demandait si Berlin, comme Troie, ne serait pas détruit une deuxième fois. Puis, il se réveillait et se disait que, décidément, à feuilleter *Antigone*, à reprendre les notes de Maria, à éplucher les cahiers de Brecht, il était imprégné par les plaintes et les colères de la tragédie grecque. Quand il se rendormait, de nouveau il était dans le train. Il pénétrait dans des bancs brumeux de la steppe puis dans des noirs. Tunnels, terrains ravinés. Plaques de neige. Forêts de branches nues. Pylônes à l'abandon sous un ciel ouateux, caténaires orphelines. Ponts en travaux : Moscou en vue...

Tandis qu'il terminait son café, le sous-officier russe revenait, posait sa casquette sur la table et disait :

– Nous avons fait une erreur, votre père est bien mort il y a six ans. Excusez-nous.

Hans entendait les martèlements des bottes des SA qui montaient vers le bureau de son père. La courbe de la voie ferrée permettait de découvrir une grande gare soviétique. Foule en uniformes qui chantait, brassées de fleurs offertes par des femmes en fichu, pain délicieux et très blanc qu'on offrait au « camarade » Hans Trow de Berlin.

Réveillé et la bouche pâteuse, il se souvint d'autres chœurs de femmes. Il avait dix-huit ans et les paysannes de son village du Mecklembourg le regardaient gravir une colline enneigée pour aller solennellement jeter un saxophone. Il jetait ce symbole de son inaptitude musicale. Tout le village le regardait, sa mère et son frère aussi.

Consternés.

Il avait brandi le saxo et poussé un cri en le lançant sur le tas d'ordures enneigé. L'air froid faisait scintiller le paysage. Il ne serait jamais un grand musicien.

Pourquoi, depuis quelque temps, Hans était-il hanté par la maison natale, sa haute chambre, l'air froid, les draps humides, le lit sobre en bois ciré, le silence, la flambée qui craque dans la cheminée et le papier peint cloqué ?

Après minuit, saisi par l'humidité, comme

emprisonné dans un suaire, la conscience trop aiguisée, les sens en alerte, transi, il frappait parfois à la double porte de la chambre de sa mère. Elle était en train d'écrire sur une table de bois, une lampe en faïence ancienne devant elle. Elle ne tirait jamais les lourds rideaux et des points lumineux scintillaient au loin, on ne savait pas d'où ils venaient. La mère de Hans écrivait et annotait des liasses de papier et lui, Hans, reprenait la tradition, passait sa vie dans des liasses de papiers, dans la resserre de la nuit, dans la veille de l'insomnie pour s'éloigner de la banalité bruyante des journées et revenir à la claire lumière de sa conscience et de sa solitude.

Il aurait aimé confier tout cela à Maria, ses promenades dans les champs sablonneux, le paysage si plat réduit à quelques lignes scintillantes, la légèreté irréelle de zones épineuses et les saules translucides et les nuages très clairs qui donnaient le sentiment de n'aller nulle part mais de cacher de mystérieux messages dans leur fixité flottante. Il aurait aimé confier tout cela à Maria.

Pourquoi, depuis qu'il la connaissait, revenait-il marcher dans la pente secrète de ces peupleraies, comme s'il s'agissait de renouer des liens cachés ? Pourquoi renouait-il avec ces lieux d'enfance quand il rouvrait le dossier de Maria et ses notes confidentielles qui ne lui apprenaient rien qu'il ne sache déjà ?

La sérénité délabrée des champs vides accompagnait ses marches dans Berlin, la nuit, quand il revenait chez lui. La monotonie des marais du Mecklembourg, les zones spongieuses de bruyère qui s'assombrissaient, tout revenait, étonnamment fort et précis, et lié à Maria. Même le suintement régulier d'un filet d'eau le long d'une écluse : il ouvrait, dans sa monotonie, un espace secret qui murmurait quelque chose d'essentiel et de caché ; pourquoi est-il habité par la grêle silhouette de quelques bouleaux comme s'il s'agissait de la silhouette de Maria ?

Collines du pays sablonneux, canal droit comme une route, qui séparait les étés interminables en deux ; voix de sa mère et de son frère, tout revenait, voilé et proche.

6

Théo Pilla pénétra dans le bureau berlinois, ôta son chapeau, son imperméable et posa sur le bureau une nouvelle note, un laissez-passer tout neuf avec des tampons dont l'encre grasse brillait encore.

– Voilà ! La liste des journaux autorisés s'est allongée.

On pouvait lire : « Bertolt Brecht travaille actuellement à Buckov, Märk Bergland, Seestrasse 29, où il doit emporter la liste de journaux et de revues mentionnés ci-dessous. » A l'ancienne liste des journaux allemands, on avait ajouté *Time*, *Newsweek*, *Life*, *Le Monde*.

Théo Pilla tenait aussi une enveloppe brune qui venait du centre de la Schumannstrasse et en tira une série de rapports provenant d'une source qui signait Isot. Outre une note brève s'interrogeant en termes assez vifs sur la possession, par Brecht, du numéro de téléphone d'Otto Katz, un agent du Komintern suspect d'être un « traître trotskiste », il y avait deux rapports sur les électrocardiogrammes datés de mai, remis par le Dr Müllereie de la Regierungskrankenhaus. Brecht n'avait plus que quelques mois à vivre. Ensuite, Théo sortit un rapport de trois pages sur un brouillon de testament rédigé en anglais.

– Pourquoi c'est en anglais ? demanda Hans.

– La ploutocratie anglo-saxonne, plaisanta Théo. En tout cas, il lègue tout à Hélène Weigel. Et regarde la date.

– Le 18 mai, le lendemain de son électrocardiogramme...

Hans tourna les feuillets. Sa fille Barbara héritait de la maison de Buckov. Son fils Stefan du revenu des pièces jouées aux États-Unis.

– Il aura de quoi se payer un repas !

Sa collaboratrice Ruth Berlau devait recevoir cinquante mille couronnes danoises à condition d'acheter une maison qui, à sa mort, reviendrait à Hélène Weigel...

Quand Théo revint avec deux cafés, Hans avait terminé sa lecture.

– Il n'y a rien pour Maria Eich ?

– Non, rien.

– Aucune mention de son nom ?

– Aucune.

– Maria Eich n'a rien ? répéta Hans.

Crépitement rapide des machines à écrire dans le bureau voisin puis chuchotements étouffés.

Théo ôta sa veste et déboutonna son col de chemise.

– Et que dit l'électrocardiogramme de Brecht ?

– Artériosclérose générale, sclérose des valves coronaires et aortiques...

– Il a des chances de s'en sortir ?

– S'il ne bouge pas, s'il ne baise pas, s'il ne se met pas en colère.

– C'est curieux, remarqua Théo.

– Oui ?

– ... Que des gens de son âge gaspillent leur dernière énergie à essayer de baiser, de tyranniser les autres, d'inventer des histoires ineptes.

– Il fait ça au nom de l'art, précisa Hans. Tu n'aimes pas l'art, Théo ?

– Je n'ai rien contre...

– Mais tu n'as rien pour, corrigea Hans.

– Les artistes, c'est des gens qui veulent pas grandir...

– Quand je pense qu'on ne lui laisse rien...

Hans avait repris le brouillon du testament puis refermé le dossier. Il le glissa dans la serviette de Théo.

– Tu le portes dans le sac de voyage habituel, dit-il.

Sa main se mit à trembler, les deux hommes se regardèrent et Théo demanda :

– Tu l'as revue ?

– Non.

– Tu penses à elle ?

– Oui.

Théo prit sa serviette de cuir et annonça qu'on disait dans les couloirs qu'Ulbricht devait, un de ces jours, recevoir la médaille des anciens combattants d'Espagne. Par ailleurs, un jeune collaborateur de Brecht, nommé Martin Pohl, savait si bien rédiger des poèmes à la manière de Brecht que cet homme était à la fois encouragé dans ses pastiches et surveillé. Son talent pourrait un jour être utilisé après la mort du maître. On lui avait attribué le privilège de se promener dans Berlin avec une machine à écrire achetée à Hollywood. Il y avait aussi des rumeurs d'inspection de la

Sécurité pour début septembre et Moscou envoyait davantage de messages que d'habitude.

Hans se sentait isolé, dans un brouillard opaque ; sa vie devenait quelque chose d'irréel. Les promesses d'un avenir radieux s'éloignaient, le passé, au contraire, prenait un relief inquiétant. Il revoyait son père et son sourire désabusé quand les hommes avaient monté l'escalier, le martèlement des bottes, les cris brefs, les servantes affolées et un père souriant à son fils...

– Tu le connais ?

– Qui ?

– Martin Pohl.

Hans sursauta.

– Euh... non...

– Ça ne te gêne pas quand je te parle ?

– Non.

– Je vois.

– Sa photo circule dans les bureaux depuis un bout de temps et on essaie de savoir ce qu'il faisait à Leipzig.

– Qui ?

– Mais Pohl, Martin Pohl...

– Ah.

– Tu vas bien ?

– Oui, dit Hans.

– Tu n'es pas un peu nerveux ?

– Si.

– Tu sais ce qui te ferait du bien ? Tu prends la voiture, une couverture, des jumelles et tu te rends à Buckov. Juste une inspection de routine pour surveiller ta protégée. Ça ne t'ennuie pas si je bois ton café ?

– Non, dit Hans.

7

La Mercedes noire fend une forêt de bras tendus, une mer d'uniformes noirs, brassards rouge sombre, puis les chemises brunes défilent. A Munich, c'était avant son exil, c'était si loin... Brecht se réveilla. Il entendit la pluie crépiter. Il consulta son réveil. Une lueur grise emplissait l'espace. La pièce baigne dans cette lumière de fin d'après-midi qui se défait en une tapisserie sombre et enchevêtrée ; les ombres du frêne sur son bureau. L'agrafeuse, la corbeille à papiers et ses lattes de bois. Comme il aime laisser l'après-midi glisser dans son mouvement, ses dessins, ses heures. Examiner la jupe de Maria posée sur le fauteuil, la ceinture tressée et le petit écusson, le gris clair de son chemisier, les voix dans le jardin, les souvenirs qui ressemblent à des cartes postales lumineuses et saturées, avec baignades, rires, bow-windows de Santa Monica... les ombres vertes et granitées de la porte de la cuisine...

Il rédige un brouillon de lettre à la direction de la police des frontières à Berlin. Il se plaint de la multiplication des vérifications aux points de contrôle entre Berlin et Buckov, notamment à Hoppegarten. Tracasseries, vérification des papiers, nécessité d'autorisations spéciales pour transporter la machine à écrire américaine, des journaux dans le coffre de la voiture, les dossiers photographiques de sa collaboratrice Ruth Berlau. Il se plaint surtout du ton brutal, si particulier, de la police allemande. Il demande qu'on change de ton à son égard, ces sempiternelles ouvertures du coffre de la voiture, des papiers, lui qui a écrit : « Le passeport est la partie la plus noble de l'homme »... Il achève sa lettre : « Comprenez-moi bien, je ne critique pas l'utilité des contrôles. » Et il signe, « avec l'expression de mes sentiments socialistes ».

Derrière les fanfaronnades d'Ulbricht et des siens, la seule et unique misère bureaucratique allemande, mélange de désespoir frénétique et de surveillance des esprits, les mêmes défilés, les mêmes trivialités, la brutalité, le soupçon, la dépravation ; les beuveries de taverne sont les mêmes depuis le *Faust* jusqu'aux brasseries de Munich ; et aujourd'hui les mêmes rodomontades devant les micros, les nouveaux modes de pensée sont exactement les décalques de l'ancien, le public si petit-bourgeois qui ne comprend pas la dialectique, le public qui veut toujours des classiques. Pas de soulèvement révolutionnaire, pas de brasier érotique...

Les ombres frémissent sur le plafond. D'autres étés surgissent. Hélène portait pour la première fois des verres de lunettes ronds, avec une monture de métal qui lui donnait l'air d'une brodeuse professionnelle ; les enfants tout petits, Barbara et Stefan qui grimpaient sur la table de jardin à Svobostrand. Les ombres de ces étés-là s'étendent sur son hiver intérieur. Le contact des carreaux froids de la cuisine, le roulement blanc et vert des vagues à l'infini. Stefan maigrichon, en maillot, courait dans le jardin ; le banc pourrissant où il écrivit : « *Réfugié sous le toit danois, le toit de chaume, amis, je suis toujours votre combat.* » Mais aujourd'hui les amis ont disparu. Il reste l'infiniment petit d'une coquille d'escargot posée sur une feuille de papier.

Il se sent troublé par l'odeur de la terre qui

vient de la fenêtre ouverte. Cet après-midi, quelqu'un a retourné la terre des plates-bandes. Il entend la voix sèche, mate d'Hélène donner des ordres. Weigel persuadée que rien de redoutable ne peut arriver dans ce monde communiste berlinois parce qu'elle possède la carte du Parti et les clés du Berliner Ensemble. Mais au-delà du répertoire, Brecht sait qu'il n'y a rien, ni public ni soutien, rien que les hommes d'Ulbricht qui espionnent, surveillent, rédigent et archivent pour Moscou...

Pendant que Brecht s'est enfermé avec Hanns Eisler pour travailler sur la partie musicale du *Faust*, Maria Eich ferme un pot de peinture blanche après avoir repeint la porte de la serre. Elle prend le vélo d'Hélène Weigel et parcourt trois kilomètres sur une route sablonneuse qui longe un bois de sapins. L'odeur sèche et résineuse, par couches d'air chaud. Les quelques gouttes d'eau sur la toile de son chapeau, la roue arrière et son bruit de frottement, puis l'exaltante longue descente, les nuages au ras de l'horizon, le vent qui éparpille les cheveux, gonfle la robe puis la plongée dans la forêt, la clairière et la petite berline noire immatriculée à Berlin qui ressemble vaguement à une vieille Chevrolet. Sur la lunette arrière, Maria reconnaît le carnet rouge sombre cartonné qui appartient à Hans Trow.

Elle descend de vélo, prend un sentier et suit le sillon d'herbe. Elle cherche à quel endroit les deux officiers de la Stasi peuvent bien s'être cachés. Puis l'idée lui traverse l'esprit qu'elle n'a aucun intérêt à se trouver nez à nez avec eux. Elle remonte sur le vélo et reprend le sentier, repasse devant la voiture avec l'envie enfantine de glisser un bout de papier sous l'essuie-glace pour dire qu'elle les a reconnus.

Elle roule le long de vergers luxuriants. Feuilles de pommiers desséchées, été bruissant. Abandonner l'art dramatique.

Devenir professeur dans une petite ville avec des églises vides, dans un de ces vallons où des générations mortes reposent et attendent les nouvelles générations. Elle préfère la paix, le sommeil aux calculs cyniques. Elle s'aperçoit soudain combien il y a de deuils. Et puis, le désir la prend. Elle veut LE voir et elle se met à chercher fébrilement dans son sac son numéro de téléphone. Ou bien revenir vers la voiture et griffonner un mot sous le pare-brise.

Il y eut alors un léger froissement d'herbe, des éclats blancs de chemisette et Hans Trow apparut. Maria scruta son visage, frappée qu'il fût si hâlé. Elle pensa qu'il avait l'air fatigué puis l'impression fut effacée par un sourire comme s'il sortait d'une longue nuit fraîche.

Hans et Maria restèrent debout sans presque bouger. Maria avait laissé son sac entrouvert, son vélo appuyé sur sa hanche.

– J'ai l'impression d'être indiscret, dit Hans.

– C'est votre métier, répondit Maria.

– Si on veut...

L'espace d'un instant, ils vécurent la magie d'être ensemble. Puis Maria prit les devants :

– Je vous accompagne jusqu'à la voiture.

– Je ne suis pas sûr que ce soit...

– Quoi ?

– Bien nécessaire.

– Tant mieux, dit-elle, guillerette.

Ils avancèrent dans le jaune rasant de la prairie, comme brûlée. Maria se mit à boiter. « Ma sandalette », dit-elle. Elle ôta sa sandalette de corde et la donna à Hans qui l'examina.

– Il y a une pointe qui dépasse à l'intérieur.

Entre eux, un temps suspendu ; il appuya la sandalette sur une pierre et tapa avec un de ces silex qu'on ramasse dans les mauvais chemins.

– Voilà...

– C'est tout ? demanda-t-elle.

Hans éprouva un curieux sentiment de solitude, une petite souffrance lancinante devant la lumière de ce visage qui ne pesait rien. Elle ne semblait rien peser, voilà ce qui le stupéfiait. Il entendit sa voix :

– Vous n'êtes pas blasé ?

– Pourquoi ? Parce que je vous surveille ?

– Oui.

– Je vous protège, aussi.

– Que ferez-vous dans cinq ans ? demanda-t-elle.

– Je m'enfoncerai encore plus dans le labyrinthe besogneux de la bureaucratie. Et vous ?

– Moi ?

– Oui, Brecht sera mort. Vous ne pourrez pas l'épouser.

– L'idée ne m'en serait pas venue.

Ils arrivaient à la voiture. Théo Pilla était déjà assis sur la banquette arrière et grignotait un sandwich dans un papier sulfurisé.

– Et vous, répéta Maria, que ferez-vous ?

– Demain ? Je lirai quelque rapport qui m'apprendra que la section des visas à Moscou devient pointilleuse et nerveuse et combien d'agents secrets ont déserté, combien de voitures sont passées dans le secteur américain, combien de plaques d'immatriculation ont été photographiées devant l'hôtel où se trouve, dans le secteur britannique, le général Schwerin, conseiller d'Adenauer, chargé des questions militaires.

Il ajouta :

– Je serai toujours là à cinquante ans.

– Pourquoi ?

Il hésita et pensa qu'il n'y avait nulle part où ils puissent se retrouver maintenant, demain, par hasard dans une réception, ni même dans une de ces piscines des quartiers extérieurs vers Potsdam. Théo Pilla était visiblement penché et tentait d'écouter, par la vitre baissée, ce qui se disait.

– Pourquoi ne pourrait-on pas se voir, vous pourriez venir tout simplement aux répétitions, un matin ?

– Oui, je pourrais, mais je ne le ferai pas.

Hans ouvrit la portière, côté conducteur.

– J'ai vécu avec une femme, puis deux. Ce serait une erreur.

Elle approcha de la vitre et, curieusement, il ferma la portière.

– Vous retournez là-bas ?

– Oui.

Il y eut l'écho persistant de la voiture qui

ronronnait sous les arbres et cahotait sur le chemin et le sentiment d'abandon, la musique puissante et douloureuse d'un après-midi de canicule, et, là-bas, des explosions d'eau : sans doute des baigneurs. Pourquoi tout était-il si douloureux, pourquoi cet exil, cette solitude, ce creux ? Maria se demanda quel réveil, un jour, sonnerait. Mais, en poussant son vélo, tout était blanc de chaleur à mesure qu'elle approchait du lac. Elle entendit les voix des baigneurs et le tap-tap d'un ballon.

Elle s'enfonça dans la maison, enfila son maillot de bain et partit se baigner. Nageant vers les saules, elle contempla les sapins, l'étagement des collines, les toits verdis ou bruns, cette douceur pastorale qui, avec le soir, l'emplissait et l'apaisait.

Après le dîner, Brecht quitta la table et les invités.

Il posa sa veste sur ses épaules et approcha du lac. Les allées pleines d'insectes, la zébrure sombre de certains feuillages.

La solitude nocturne était pleine d'un scintillement mystérieux.

Le lac portait comme un adieu. La confusion de tout, l'anonymat béni de tout l'imprégna et lui apporta une légère tristesse toute nouvelle.

Tout fondait, musique du monde intérieur et du monde extérieur, fondue, transitoire.

Brecht était une île, une île entourée d'herbages, de roseaux, de grands arbres qui étaient l'essence d'un rêve auquel il n'avait jamais voulu prêter attention. Sa conscience était envahie par un univers que lui-même avait voulu soustraire à son opacité. Il n'avait pas abandonné son rêve terrestre, mais les ondes de sa propre disparition l'environnaient et l'asphyxiaient. Il sentit la planète grise rouler sans espoir vers un monde qui ne serait plus le sien. Et qui ne parlerait plus de lui. Il se tourna légèrement. Les lampes de la maison étaient allumées et il voyait quelqu'un (était-ce Helli ou Maria ?), qui lavait la vaisselle dans une bassine.

8

MARIA prend deux feuillets : l'écriture bleue de Brecht, des brouillons de son journal dans lequel il traite Ulbricht et sa bande de « versatiles », de « superficiels » et de « vaniteux ». Cinq déclics. Elle rembobine et se faufile jusqu'à sa chambre. Elle glisse l'appareil dans sa valise en toile, tandis qu'elle lèche la languette de la pellicule Kodak et la scelle avec le papier collant.

Plus tard, elle ressort au grand air. Le perron et ses deux boules de ciment. La longue table de bois, les chaises vides avec leurs toiles qui, parfois, gardent les empreintes des corps. Cette lumière de menthe à l'eau, ces verres vides qui suggèrent un cocktail de fantômes. Les invités : Käthe Reichel, Egon Monk, Hanns Eisler. Hélène Weigel replie les journaux berlinois sous le toit vert et les petites colonnes de fer d'un kiosque à l'ancienne. Elle aperçoit Maria qui est assise sur l'embarcadère et qui effleure l'eau avec ses pieds. Elle s'ennuie, pense-t-elle ; alors elle se lève et lui fait signe :

– Maria ? Maria...

Maria se tourne. Elle paraît très jeune dans la lumière du matin avec sa robe noire à fleurettes. Maria gravit les marches, atteint le kiosque et tire un fauteuil d'osier.

– Alors ? demande la Weigel.

Il y eut un petit silence pénible qui frissonna entre les deux femmes.

– Vous êtes superbe, dit Hélène.

– Oui, dit bêtement Maria qui se sentit confuse et embarrassée.

– Voulez-vous boire du champagne ?

– Oui...

Hélène sortit la bouteille de champagne de l'arrosoir empli d'eau fraîche. Les deux coupes pétillèrent.

– Brecht apprécie votre jeunesse.

– Oui, dit Maria, il apprécie la jeunesse en général.

Maria pensait qu'elle devait dire que la journée était ensoleillée et qu'il ne faisait pas trop chaud.

Elle dit :

– Quelle journée ensoleillée, il ne fait pas trop chaud.

– Vraiment, vous avez un petit corps somptueux, dit Hélène.

Maria souriait sans trop savoir pourquoi.

Hélène reprit :

– Brecht m'a dit que j'avais un corps somptueux.

Elle ajouta :

– En 1929.

Il y eut encore un silence.

Hélène dit :

– Brecht m'avait dit : « Tu as un corps somptueux à mettre dans un amphithéâtre d'anatomie. » Brecht ne vous a pas dit ça ?

– Non... Non... Je ne crois pas...

– Je suis son cadavre. Sa mauvaise conscience est toujours un cadavre. Regardez mes pommettes, mon front, je suis son fantôme osseux. Mais jeune, j'étais très belle.

Le soleil brilla, ternit, disparut derrière le nuage.

– Félicitez-moi, dit Hélène.

– De quoi ?

– De vivre avec lui depuis si longtemps.

– Je vous félicite, dit Maria.

– Nous ne sommes plus en 1929, dit Hélène, je vais le quitter.

– Non, dit Maria. Divorcer ?

– Oui. Divorcer.

Plus tard, au cours de la soirée, au milieu de la bonne humeur des invités, Hélène Weigel dit :

– Et vous, Maria, vous ne connaissez pas d'histoire drôle ?

– Non.

– Tout le monde en connaît au moins une.

– On ne raconte pas d'histoires drôles à Vienne ? Pas d'histoires juives ?

Pour manifester sa bonne volonté, Maria répéta une blague juive qu'un machiniste du Deutsches Theater lui avait racontée, mais elle s'embrouilla.

– C'est curieux votre histoire, dit Hélène. Elle ne serait pas antisémite ?

– Mais...

– C'est une histoire antisémite, non ?

– Vous essayez de me salir auprès des gens qui sont à cette table...

– Des gens ? Nos invités ! s'exclama Hélène Weigel. Des gens ? Vous nous traitez de

« gens » ?... Que seriez-vous sans nous ? Une comédienne de province...

Maria hésita puis posa sa serviette et quitta la table. On entendit la porte vitrée claquer. Brecht dit :

– Cigare ?

Il ajouta :

– Elle n'est pas antisémite... Helli !... arrête...

– Son père était antisémite, elle a un mari antisémite... Je peux bien la chatouiller un peu ?... Non ?...

La nuit avait obscurci le milieu du lac. On avait apporté des lampes et quelques bougies. De curieuses veilleuses s'étaient allumées pour une fête champêtre sur l'autre rive du lac.

Un voilier effilé, à la coque bleu sombre, glissa au-delà des chênes. Des reflets minuscules couraient le long de sa coque, telles des parcelles d'un métal rare.

9

La lettre de Brecht se plaignant des incessantes vérifications faites au point de contrôle de Hoppegarten, sur la route entre Berlin et Buckov, était posée sur le bureau de Hans Trow. Théo, lui, essayait de déchiffrer les notes écrites dans la marge du *Coriolan* de Brecht, document qui partirait, dans son dossier gris, aux archives, à l'étage supérieur des bureaux tout neufs de la Stasi.

Hans tendit la lettre à Théo Pilla qui tourna les talons et s'approcha de la fenêtre pour mieux déchiffrer l'écriture de Brecht.

Un genou posé sur le radiateur qui ne chauffait qu'à peine, Théo parcourut les deux feuillets. De l'autre côté de la vitre, de lointaines cheminées lâchaient nonchalamment un panache de fumée dans la pâle lumière du matin.

– Je suis navré d'apprendre ça, commenta Théo.

– Moi aussi.

– Enfin, c'est moins grave que si sa machine à écrire était en panne.

– Elle n'est jamais en panne.

– Ah oui, dit Théo, c'est vrai que notre ton militaire est un peu ennuyeux...

– Oui, nous n'avons pas le ton de l'ancienne courtoisie prussienne.

– Parfois, on le regrette.

– Oui, on le regrette tous.

– Oui, ce ton « sécurité d'État » peut nous jouer des tours...

– Non, lui jouer des tours...

– Il y a certains jeunes soldats qui ne sont guère brillants.

– Nous ne sommes plus dans la Prusse de Frédéric II.

– Même dans la Prusse de Frédéric II, certains militaires n'étaient guère brillants, question courtoisie...

– Vraiment ?

– Enfin, des lettres comme ça, il y en a des wagons à l'étage supérieur... et aux archives.

– Ce Brecht, quel gaspillage d'énergie ! Il

aurait pu écrire une belle scène au lieu de perdre son temps à rédiger cette lettre...

– Je n'en crois pas mes yeux qu'il ait gâché autant d'encre, autant de temps, de peine...

– A bien y regarder, il n'y a pas de dons littéraires, dans cette lettre...

– A se demander si c'est bien lui qui l'a écrite.

– Qu'est-ce qu'on fait de la lettre ?

– On classe.

Hans leva les yeux et regarda les cheminées d'usine au loin, le ciel plus gris avait un curieux fourmillement.

Dans quatre mois, il va neiger. Bientôt, le charbon dans le poêle, le thé fumant, les dossiers à changer d'étage, les conférences secrètes à l'étage supérieur, les péniches funèbres et leurs chargements de charbon, les crises répétées entre l'Académie des arts et le Berliner Ensemble, la Nation vertueuse, l'hypocrisie des artistes, le train-train...

10

THÉO Pilla avait repris sa surveillance. Il avait reçu de nouvelles jumelles de Moscou, plus puissantes. Il pouvait donc voir Brecht assis sur un banc, appuyé sur le petit mur de pierre, les détails de la boiserie des volets, le passage lumineux de Maria dans une robe rouge et noir ajustée à l'espagnole, les nappes et draps à sécher, le stylo de Brecht qui bleuissait le papier. La prochaine fois que Moscou m'envoie une paire de jumelles, se dit-il, je pourrai lire directement à travers le papier, si les feuilles sont bien orientées.

Plus que jamais, Brecht respirait l'air de l'inquisition et sentait la nervosité ambiante autour d'Ulbricht. Les journaux répétaient qu'Adenauer non seulement incitait les troupes américaines à s'installer pour longtemps en Allemagne mais demandait un déploiement d'armes nucléaires sur le territoire. Dans les services de Hans Trow, on tenait déjà dans des pochettes de papier kraft les photographies, assez floues à vrai dire, de canons automatiques de 280 millimètres entreposés dans l'Arizona.

Dans les journaux de l'Ouest, les gros titres annonçaient que le chef du gouvernement est-allemand, Walter Ulbricht, avait considérablement renforcé le Ministerium für Staatssicherheit (la Stasi, en abrégé) et recrutait chaque semaine de nouveaux informateurs. Chaque immeuble, chaque îlot, chaque chantier, chaque caserne, chaque commission culturelle, chaque quartier nouveau devait avoir ses informateurs. L'organisation tentaculaire devenait menaçante pour tout le monde. Hans se dit qu'il vivait dans un monde qui prêchait la paix, mais devinait qu'à tout moment le soleil pouvait disparaître des toits de la ville, caché par la brume grise qui avançait en une immense vague, que la chaleur pouvait sortir des murs, pénétrer dans les vêtements et les coller à même la peau. L'image obscure-éblouissante du feu nucléaire flottait souvent dans l'esprit de Hans. Ne plus voir le soleil, savoir que le visage de Maria pouvait se réduire à un sourire de jeune femme imprimé dans le plâtre. Tout cela le hantait. Comme le préoccupait le fait que des camions bâchés apportaient des groupes d'hommes, des civils, en bas du bâtiment. Des ouvriers étaient emmenés dans le sous-sol et restaient assis sur des bancs, sous la lumière pauvre d'ampoules électriques. Dans le couloir, un chien-loup trottinait en jappant, obéissant à un soldat russe.

Hans savait que les téléphones étaient mis sur écoutes. Le courrier était ouvert, les voisins de palier interrogés pour savoir quels étaient ceux qui travaillaient pour « l'impérialisme belliqueux ». Les procès de Moscou inquiétaient Brecht, mais aussi Hans Trow qui, chaque jour, dans le courrier de Moscou, recevait des consignes et découvrait de nouveaux chefs d'accusation possibles : *cosmopolitisme*, *sionisme*, *déviationnisme*. Une note sur papier gris classée « ultra-confidentielle » demandait à Hans Trow de surveiller Hélène Weigel à cause de ses origines juives. Hans Trow fut pris d'une bouffée d'angoisse, repoussa sa tasse de café et se rendit dans les toilettes pour froisser la note et tirer la chasse d'eau. Il se demandait si son service ne finirait pas par condamner la moindre joie terrestre et se mit lui-même douloureusement en question. Comme il regardait par la lucarne, il s'aperçut qu'on déroulait les nouveaux fils de fer barbelés autour du camp militaire et de ses réserves d'essence ; combien de fois détruirait-on Berlin ? Combien de fois pouvait-on détruire une ville déjà détruite ? Sa conscience lui répondit : à foison. La poudre, l'essence, les cendres, le vent, tout ça peut souffler, retomber et recommencer. Alors, il reboutonna son uniforme. Le courage d'un honnête homme reste son secret. Il sauvegarderait l'existence de Maria, dût-il lui-même quitter son poste. Il lui procurerait de faux papiers, il sauverait au moins une personne, qu'elle puisse sauver sa vie, reprendre sa fille Lotte avec elle. Il était quand même plus que paradoxal que son mari nazi, artiste de music-hall douteux, bellâtre en col roulé blanc et lunettes noires, se trouve au Portugal, en train de siroter un vin doux sur une plage ensoleillée. C'étaient les canailles nazies qui vivaient et les vivants qui, ici, avaient peur.

Les notes diplomatiques de Staline qui recommandaient une réunification allemande étaient, disait-on, jetées au panier avec pas mal de rires par le secrétaire d'État Dulles. Toute idée de

« sécurité collective », concept soviétique, était rejetée.

A Berlin, on faisait état de mouvements ouvriers et de mécontentement sur les grands chantiers de la reconstruction. L'ambiance se détériora dans certains quartiers et les agents de sécurité rédigèrent des notes de synthèse parlant de probable soulèvement, ce qui eut pour effet de crisper les positions d'Ulbricht. On demanda à Hans Trow de suivre tout particulièrement les dérives de « cette bande de pacifistes » autour de Brecht, qui, lui, avec un anachronisme particulier, était, selon les rapports de Maria Eich, tenté par un départ vers la Chine de Mao. Brecht restait médusé devant une carte de la Chine punaisée dans le couloir qui menait à la salle de bains.

Des rapports s'accumulaient au sujet d'une dérive formaliste... Le renforcement de la surveillance politique sur le milieu artistique fut durement ressenti. Au début du mois d'août, quand Brecht apprit que, par décision de la commission, les Beaux-Arts avaient très officiellement exclu Ernst Busch, le grand acteur-chanteur, de sa propre maison d'édition, il fut excessivement choqué.

Dans ses jumelles, Théo Pilla put constater que Ernst Busch était debout en plein soleil, chemisette grise, pantalon noir, en train de remettre et d'ôter ses lunettes en écoutant Brecht et Hélène Weigel qui, eux, étaient assis sur le banc appuyé contre les vieux rosiers. On invitait à Buckov les déviationnistes de droite.

Par ailleurs, dans ses rapports, Maria insistait lourdement sur les lectures « droitières » de Brecht qui s'attardait chaque matin à lire *Newsweek*, *Quick*, *Münchener Illustrierte*.

Un soir, Maria constata que Brecht avait fermé à clé un tiroir de son bureau. Contre l'avis de Hans Trow qui lui avait dit : « Ne vous servez jamais du téléphone dès qu'il s'agit d'une question délicate », elle téléphona du village de Buckov. Elle dit qu'elle avait besoin de voir Hans Trow. Mais Théo répondit avec nonchalance qu'il suffisait de retrouver la clé (« elle doit bien être quelque part »), que le tiroir en question devait contenir quelques relevés bancaires et des lettres « un peu cochonnes », éventuellement un poème déviationniste et amer d'un « type qui pouvait se taper les plus jolies nanas du régime ». Il durcit le ton pour affirmer qu'en attendant il voulait savoir ce que Ernst Busch disait à Brecht et à Weigel, « à la virgule près ». Enfin, il marmonna qu'il serait souhaitable désormais que Maria évitât de téléphoner systématiquement à la moindre « bricole ».

Maria eut la folle idée de rentrer à Berlin. Elle devait voir Hans Trow. Lui n'aurait jamais répondu avec une telle désinvolture et un tel mépris. C'était le seul qui sache rassembler, analyser, trier, éclairer, remettre en perspective, croire à la vertu et aux joies du Devoir. Elle en avait assez de vivre dans la grossièreté, parmi de vieux raseurs intellectuels et des stagiaires hypocrites, qui ne pensaient qu'à obtenir places et faveurs. Hans Trow, lui, s'était adressé à elle parce qu'il avait deviné en elle « un cœur ardent » et, dans ce milieu cynique, c'était le seul qui semblait prendre soin de ses informateurs.

Pendant le dîner, Brecht fit une scène à Maria parce qu'elle avait pris ses lames de rasoir pour s'épiler les jambes.

– Je t'en prie, Maria, ne touche pas à mes lames de rasoir ! Je ne veux plus avoir à te le redire.

Les bavardages cessèrent autour de la table de jardin. Il n'y eut que le bourdonnement d'une guêpe qui se noyait dans la carafe d'eau et le murmure des tilleuls.

Hélène Weigel essaya de relancer la conversation. On alluma des bougies. Maria se sentait étrange, elle se disait qu'elle était tombée dans un piège comme la guêpe dans la carafe. Elle entendit rire Weigel, Brecht et Ernst Busch. Ils lisaient une brochure, assis sur les marches du perron. Elle décida de prendre un couteau dans la cuisine et de forcer le tiroir fermé. Elle devait exécuter froidement sa mission.

Le reste de la soirée fut languissant. On était assis en silence autour de la table à regarder Brecht jouer aux échecs, tandis que le temps voletait avec les moucherons. Maria se sentit définitivement entrée en disgrâce quand Hélène lui demanda pourquoi elle n'avait pas sa carte du Parti. Mais qui disgraciait qui ? C'est peut-être Maria qui congédiait ces gens sournois. Ils faisaient tous semblant de s'intéresser à la manière dont Brecht allait déplacer son cavalier...

Soudain, il fit orageux et frais. Maria glissa par le patio vers cette petite porte qui menait directement au bureau qui, lui, était éclairé par une veilleuse entourée d'un papier brun fissuré. Elle essaya de forcer le tiroir et s'aperçut qu'il suffisait de le tapoter et de le hausser en passant la main dessous pour que le pêne de la serrure se débloque.

Elle découvrit des brouillons de lettres de Brecht se plaignant à Ulbricht des propos tenus dans des réunions officielles sur sa manière d'adapter les classiques. Ensuite, il y avait des listes et des propos décousus sous la feutrine du tiroir.

Maria décolla une enveloppe en papier kraft. Elle contenait des rapports du FBI, notamment un datant du 6 juin 1944 (une date inoubliable). L'agent Thompson rapportait une entrevue avec le consul tchèque de Los Angeles, Edvard Beneš. On pensait que Brecht s'informait sur la possibilité d'obtenir des passeports pour lui et sa famille en vue d'un retour rapide en Europe.

Le 16 juin, une autre note du FBI faisait état d'une rencontre de Brecht avec le vice-consul russe, Gregori Kheifetz. Dans une enveloppe blanche épaisse coupée sur le côté par un simple coup de ciseaux, une lettre de Ruth Berlau datée du 26 juillet et postée à Pacific Palissade. La belle Suédoise, enceinte, avait pris l'avion de New York pour venir accoucher en Californie auprès de Brecht. Elle y informait le futur père qu'elle était installée près de la maison du comédien Peter Lorre (l'interprète de *M. le Maudit*), au chalet Motor Hotel. Le ton de la lettre était empreint de tension. Deux rapports du FBI par ce même Thompson authentifiaient avec certitude que le « petit homme brun avec une casquette et une veste de toile grise », qui était venu dans ce « chalet Motor Hotel » était bien le dramaturge marxiste Bertolt Brecht. Enfin, un dernier rapport du FBI notait que, le 3 septembre 1944, était né un certain Michel, enfant de la comédienne suédoise Ruth Berlau, à la clinique « Les cèdres du Liban ». On avait ajouté au crayon, dans la marge, griffonné, que le bébé était mort quelques jours plus tard.

Maria glissa les documents dans sa serviette de bain et replaça le morceau de feutrine qui tapissait le tiroir. Elle prendrait tout son temps pour photographier les documents. Elle était émue par ce qu'elle venait d'apprendre.

De toutes les notes, lettres, extraits de journaux de travail, poèmes qu'elle avait eus entre les mains, c'est ce rapport sur la naissance du fils de Brecht et de Ruth Berlau qui la bouleversait. Elle pensa : Ne plus avoir d'enfant... jamais... voilà la vraie malédiction. Quitter l'Allemagne de l'Est, seule, signait bien sûr un échec. Un échec politique et un échec de sa vie privée. Elle se voyait traîner de pension en pension dans le secteur américain avec sa fille Lotte, les repas solitaires, les innombrables couples autour d'elle, comme un inaccessible bonheur. Elle imagina les soirées mornes à table, les quelques mots échangés entre une petite fille unique et une femme en train de se faner loin des théâtres, des hommes, de Hans Trow. Elle ne pouvait même pas revoir des amis d'enfance, Vienne était sous contrôle soviétique.

Elle remuait tout cela dans sa tête lorsqu'elle entendit un petit groupe qui bavardait à voix basse, pas loin de la fenêtre ouverte, rires, tintements de verres. Maria recula et s'écarta de la zone de soleil qui tiédissait le parquet. Elle n'avait jamais imaginé errer avec sa petite fille. Un jour, Hans Trow finirait dans un fossé, liquidé par ses collègues de Moscou... Oui, la solitude l'encerclait, les cercles s'étendaient au-delà du Mecklembourg, au-delà de l'Allemagne de l'Ouest, touchaient les rives de la Baltique.

Soudain, un jour, avec le paysage d'une mer plate, grise, monotone et froide, commencerait autre chose. Quoi ? Une autre vie.

C'est alors que Maria entendit la voix de Brecht dans le couloir :

– Maria !!! Maria !!! Venez avec nous !...

Maria referma le tiroir. Elle se plaqua contre le mur.

Brecht entra, il avait le sang à la tête et le front en sueur, il suçotait un Corona, souriant.

– Vous venez toujours dans ma chambre quand je n'y suis pas ; et quand j'y suis, vous la quittez...

Maria n'essaya pas de sourire. Brecht reprit :

– Vous partez vous promener quand il pleut, mais quand il fait soleil vous vous enfermez dans votre chambre. Quand je vous désire, vous reboutonnez votre chemisier et fermez les cuisses, et quand je bois du champagne, le matin, avec mes invités, vous venez renifler mes draps, voir si j'ai caché quelques pensées lamentables, si j'ai fourré sous le matelas un passeport suisse, si j'ai écrit quelque part que je préméditais le meurtre du camarade Ulbricht. Je ne sais pas si vous finirez par trouver ce que vous cherchez Maria, mais vous êtes une emmerdeuse. Je me demande ce que je vais faire de vous.

Il se reprit :

– De toi...

Il s'éclaircit la gorge et baissa la voix.

– Il reste de la tarte aux myrtilles faite par Helli. Tu en veux ?

Par la fenêtre, passèrent deux papillons qui voletaient et s'entremêlaient, bruits de jardin, chants d'oiseaux, air frais, passage d'ombres.

Brecht prit dans la poche de sa chemise un stylomine, trouva son carnet dans la poche de sa veste de lin, pendue contre la porte. Il écrivit quelque chose. Maria restait bouche ouverte et regardait le creux du lit de Brecht et se demandait pourquoi elle ne supportait pas, elle, de se glisser entre Brecht et le mur. Il lui fallait de l'air, toujours de l'air. Elle eut envie d'une longue marche dans la paix de la forêt, dans une sainte forêt, avec, au bout d'un sentier, la voiture noire et Hans Trow qui attendait.

Brecht rétracta la mine du stylo et regarda Maria.

– Faisons la paix, aujourd'hui.

Il l'attrapa par les épaules, la tira vers lui, puis il lui suça le lobe de l'oreille.

– Venez !

Il chuchota dans son oreille :

– Et soyez souriante, cordiale, aimable avec nos invités.

11

HANS crachait dans l'eau. Il était comme un lycéen, au milieu de ses vacances, dans Berlin. Il contemplait les portes fermées du Deutsches Theater. Comme la chaleur commençait à monter, il ôta sa veste et approcha des affichettes de *Puntila et son valet Matti*, placardées, tels des menus, dans des boîtes vitrées. Il examina la distribution et vit en petits caractères le nom de Maria Eich dans le rôle de Fina, la femme de chambre. Cela voulait dire que, désormais, elle ne tenait plus les grands rôles ? Il s'éloigna du théâtre et rejoignit les quais de la Spree.

Il y avait là, entre deux peupliers, un vieil homme qui avait étalé sur une couverture militaire quelques objets, une pendulette, deux montres d'homme d'avant-guerre, trois volumes reliés de Goethe, des peignes et des brosses à cheveux. Et, instinctivement, Hans se demanda qui était cet homme au visage régulier et qui semblait ne plus rien attendre.

« Qu'est-ce que ça veut dire, un homme ? Avant, tu as dit que tu étais chauffeur ? Je t'ai surpris en pleine contradiction... » Dans *Puntila*, quelqu'un disait ça, c'était d'ailleurs peut-être Puntila. Et Hans pensa : Avait-il été pharmacien ? maître d'hôtel ? marchand de bois ? Il regardait cet homme entre les peupliers et se dit que la pauvreté et la guerre l'avaient réduit à l'état de peuplier. Plus d'amertume mais plus d'espérance non plus, le sel de l'humour et de l'espoir avait tout séché.

Hans Trow manipula les volumes de Goethe, les huma pour retrouver cette odeur de vieux papier et de grenier qui évoquait l'avant-guerre. Une époque calme, quelque chose du XIXe siècle dans sa pénombre, son argenterie, ses grandes familles austères. Il acheta les volumes et ajouta trois tickets de charbon. L'homme ne sourit pas, étonné, et prit un temps fou à envelopper les volumes dans un vieux papier de boucherie soigneusement lissé...

Ensuite, Hans descendit quelques marches et s'assit. Il laissa pendre ses jambes au-dessus de la

Spree. Il entendait un gargouillis le long de planches entassées dans une excavation noire. La tristesse inquiétante et ensoleillée de Berlin en plein été...

Il vit passer une jeune silhouette de femme blonde, très vite, là-haut, et repensa à Maria. Dans quoi l'avait-il entraînée ? Elle était respectueuse de sa mission comme elle avait sans doute été respectueuse pendant ses cours de catéchisme... mais, au fond, il ne savait rien de ses opinions politiques. En avait-elle ? Elle n'avait qu'un « cœur pur, ardent » et, au fond, c'était le seul être qu'il n'avait pas envie de jauger, de manipuler. A contrecœur, il lui demandait de photographier ces poèmes amers, cette litanie de déceptions que Brecht cachait dans ses tiroirs comme un gamin.

Hans se mit à ouvrir les volumes de Goethe tout en réfléchissant à la manière de faire sortir Maria Eich du Berliner Ensemble. Un léger bruit d'eau attira son attention. La seule chose vivante dans ce quartier figé sous le soleil était ce gargouillis, le courant qui venait battre contre quelques planches et des roseaux pourrissants.

Il se dit alors qu'il aimait Maria Eich, mais ce sentiment était comme un animal enfermé dans une cage, une bête antédiluvienne gardée dans une immense citadelle vide. Dès qu'il pensait à ce sentiment amoureux, il ne voyait que son incapacité à le transformer en acte. Il préférait échouer sans en connaître la raison. Il préférait les baises de passage, les flirts entre deux bureaux, les prostituées des quartiers périphériques. C'était étrange de préserver un sentiment amoureux comme un vieillard qui contemple une pendulette sous un globe de verre et sort une clé d'or pour, avec soin, la remonter, l'entendre sonner les heures, tinter, palpiter dans son mécanisme infime. Il entendait tinter le cœur de Maria en lui. Curieux, il voulait garder Maria sans la toucher, simplement n'avoir jamais à abîmer l'amour qu'il avait pour elle. Ne pas y toucher.

Quel remède à cela ? pensa-t-il.

S'éloigner du centre du séisme...

Voilà ce qu'il se dit, la veste pendue sur l'épaule, il n'avait aucune envie d'analyser son blocage affectif. Il n'avait pas envie de voler quelque chose à Maria et de la laisser, ensuite, démunie, comme il l'avait si souvent fait. Car les femmes qu'il avait aimées ne tenaient, dans sa vie d'officier, que des emplois subalternes. La durée, l'équilibre, il ne les trouvait que dans son travail et les discrètes peurs qu'il suscitait. Il ne voulait pas s'emparer de Maria et lui faire subir son avidité. Sa mission était désormais de la sortir de ce piège berlinois, la laisser reprendre sa liberté, ailleurs, dans l'autre Allemagne ou plus loin.

Quand il revint près de l'affichette du Deutsches Theater, il était finalement content de voir le nom de Maria en petits caractères. Elle retournerait à l'anonymat.

12

MARIA outrepassa les consignes. Elle quitta le bureau de Brecht et partit à bicyclette au village sous prétexte de chercher du lait. Elle se rendit dans la cour de ferme où elle était déjà venue une fois, puis, sa timbale de lait remplie, elle alla à la poste. Elle cala ses coudes sur la tablette de bois de la cabine téléphonique et attendit qu'on lui passe Berlin. Elle crut que son cœur allait exploser en comptant les secondes. Quelqu'un du nom de Karmitz lui donna rendez-vous dans une ancienne caserne de la Wehrmacht désaffectée, près de Prötzel, à une vingtaine de kilomètres de Buckov. Elle nota les explications, fit tomber son stylo, l'enveloppe brune sur laquelle elle écrivait.

Après avoir raccroché, elle ne bougea pas pendant cinq bonnes minutes, le temps de se délivrer de son oppression, de se calmer. Ruissellement sous les bras, cœur qui cogne, elle pensa : Un lapin sautant dans un clapier. Elle contrôla sa respiration et poussa la porte de la cabine qui avait enfermé l'air vicié de sa peur.

Marcher doucement. Se sentir bien d'aplomb sur ses jambes. Elle entendit des insectes bourdonner dans son oreille gauche et se demanda si elle n'était pas en train de développer un cancer du cerveau.

Enfin, quand elle sentit que son cœur n'allait pas exploser dans ce bureau de poste, elle se força à sourire à la jeune employée en lui disant que Buckov était le plus joli pays qu'elle connaissait. Le visage incrédule de l'employée prit Maria au dépourvu. Elle se demanda si elle n'éveillait pas des soupçons en feignant une allégresse trop vive dans un bureau aussi morne.

De beaux chênes, une route mal goudronnée, des maisonnettes à badigeon blanc, des oiseaux qui s'envolent vers un ciel bleu. Et des collines claires à perte de vue.

Elle suivit le plan maladroitement tracé sur le dos de l'enveloppe et se retrouva devant plusieurs bâtiments entourés de barbelés. Une cour vaste et légèrement bombée avec des fissures. Un hangar et, sur la gauche, un abri de béton avec des meurtrières à moitié cachées par de hautes herbes. L'ancienne caserne était sinistre, à l'abandon, étrange au milieu de la campagne. L'horizon vert des champs, l'espace infini du ciel, les nuages, quelques oiseaux qui pépient dans des arbres fruitiers.

Maria descendit un escalier et atteignit une salle claire-obscure avec de multiples piliers de fer. De longues rangées de tables et des bancs empilés. Hans Trow attendait sous l'énorme horloge du réfectoire. La lumière entrait par la fenêtre et éclairait son costume gris et sa chemise blanche à col ouvert, impeccablement repassée. Il pivota pour regarder Maria approcher. Il releva la tête d'un air embarrassé quand elle fut près de lui.

Bonjour, Hans, dit-elle, pensa-t-elle, répéta-t-elle intérieurement.

– J'ai peu de temps, dit Hans.

Donnez-le-moi pour moi toute seule, je vous en supplie, pensa Maria. Elle restait devant lui avec un air embarrassé et un sourire passablement solennel. Il a l'air d'un simple jeune homme mais existe-t-il dans ce pays un simple jeune homme au cœur pur... dans ce pays en dérive...

– Comment allez-vous ?

Elle ne comprend plus ce qu'elle entend. Hans pivote, sourire imperceptible et doux. Il lui dit en faisant tinter quelque chose de métallique dans sa poche :

– Pourquoi n'êtes-vous pas partie à l'Ouest ?

Il s'assoit sur un coin de table.

– Si vous me l'aviez demandé...

– J'aurais répondu que vous pouviez partir.

Elle tressaillit, s'éloigna un peu et ses yeux tombèrent sur les graffitis obscènes du mur, cloqués par l'humidité. Elle se sentait inhabitée. Un fantôme. Elle serra les bras contre son chemisier. Hans Trow s'aperçut qu'elle tremblait. Il s'approcha d'elle et lui posa la main sur l'épaule.

– Comment ça va ?

– Pas très fort.

Elle ajouta :

– Ça m'arrive souvent.

Hans la regarda fixement et les muscles autour des yeux de Maria tressaillirent légèrement. Hans ne sut pas quoi dire ; il tira doucement les lanières du sac à main de Maria et fit jouer la petite fermeture de cuivre dans un déclic. Maria pensa : Donnez-moi une île pour aimer cet homme, n'importe quelle île ; pour moi seule, cet homme, même pour une semaine dans ma vie...

Les longues rangées de tables dégageaient un océan de tristesse. Les bras de Maria, si beaux, pendaient le long du corps. Hans examinait les photos, les ordonnances, les enveloppes couvertes de petites notes, pattes de mouches, rédigées par Maria et contenant autant de réflexions personnelles que de phrases saisies au vol quand Brecht, après trois schnaps, se mettait à bavarder, le soir, au milieu des bougies.

– Qu'est-ce qu'il vous a fait ?

– Rien de spécial.

– Il pense toujours à la Chine ?

– Toujours.

Mon Dieu, pensa-t-elle, qu'il me prenne, qu'il me retienne, qu'il ne s'en aille jamais... jamais... Mon Dieu, faites-le...

– J'ai peu de temps, Maria, mais il faut que vous gagniez l'Ouest.

Oui, Hans, bien, Hans, as-tu compris, Hans, qu'il faut que tu viennes avec moi ?

– Vous êtes quelqu'un de rare, Maria Eich,

mais il faut partir, la plus-value communiste va devenir quelque chose de secondaire, surtout pour quelqu'un comme vous. Vous n'êtes plus en état.

Elle faillit dire : « Je suis un cœur pur et ardent. »

Hans dit :

– Il ne faut plus que vous soyez dépendante de ces gens.

Il chercha des formules prévenantes, courtoises, sincères pour faire cesser cette détresse du regard si proche de lui.

– Vous avez réussi tout ce que vous pouviez réussir, Maria.

Il la tint par le poignet, le sac était ouvert entre eux sur la table, elle voulut s'appuyer plus étroitement contre lui et cela la déséquilibra. Elle colla son visage contre sa veste et ne bougea plus. L'herbe chaude et douce des pins et des herbes dans notre île, tous deux, une semaine, je demande une seule semaine.

Hans se détacha doucement et ramassa des photos qui s'étaient éparpillées sur le sol.

– Il faut que vous partiez... En revenant à Berlin en septembre, vous trouverez vos papiers pour l'Ouest, de l'argent, je m'en occuperai personnellement...

Elle était une statue, les yeux démesurément agrandis. Sa lèvre inférieure tremblait. Il ramassa la paperasse, rendit le sac à main, mit dans ses gestes toute la courtoisie et la sensibilité qu'il pouvait mais Maria avait l'air endormie, comme dans un rêve.

– Je vous remercie, dit-elle d'une voix blanche.

– Ne me remerciez pas, Maria.

Ils émergèrent dans la cour. Un soleil dur les aveuglait.

– Ne soyez pas triste, dit-il. Mais on ne se reverra pas.

Ils longèrent une sorte de piscine cimentée avec des joints de goudron. Une voiture soviétique noire attendait, une de ces grosses voitures officielles qui traversent toujours Berlin.

Hans ouvrit la portière et regarda Maria.

– Où allez-vous ?

– Chercher ma bicyclette.

Il joue avec les dernières gouttes de mon sang et de ma vie... Le travail difficile de la respiration. Je vais mourir, pensa Maria, les yeux embués.

Le pare-brise tourna dans un éclat de lumière puis la voiture fila derrière des clôtures. Il n'y avait plus d'île, plus de jardins odorants. Il n'y eut plus qu'un vieux mur, des fenêtres grillagées. Maria éprouva le sentiment d'être encerclée dans un paysage immense. Verdure sans reflets. Elle pédalait en pleurant doucement et examinait, incrédule, le ciel immense.

Donnez-moi une semaine sur une île avec lui, un seul jour...

13

C'EST un petit film sautillant, blanchâtre, rayé, avec de curieuses auréoles brunes qui glissent sur le bord de la pellicule. On distingue une barque dans le miroitement matinal du lac. Scintillements noirs sur la gauche de l'image. Maria Eich porte d'énormes lunettes sombres, un pull gris ras-du-cou et un pantalon large qui, parfois, bat au vent. Un foulard encadre son visage.

Brecht, avec lenteur, rame en bras de chemise. La barque glisse par à-coups sur le lac. En arrière-plan, des bouleaux bien alignés. Brecht a remis sa casquette. Il rame avec un geste las et suspendu tandis que Maria Eich lit des feuillets qui semblent avoir la consistance de serviettes en papier. On ne voit pas vraiment pourquoi elle se penche dans l'ombre du bateau de l'autre côté de la caméra mais on entend, un peu dilué dans les parasites, un commentaire de Théo Pilla : « Après la phase des roucoulades, elle s'est rendu compte que le cochon dans sa bauge ne pensait qu'à se rouler et se vautrer sur elle. »

Dans la profondeur monotone d'ombres argentées, le bras de Maria qui pose des feuillets, non pas dans la barque, mais sur l'eau. Quelqu'un demande : « Mais qu'est-ce qu'elle fait ? » et dans le minuscule crépitement mécanique du projecteur, Hans Trow murmure : « Maria se venge de Brecht en semant ses notes pour un discours à la section des arts du spectacle et des listes des nouvelles tâches du théâtre pondues par le Seigneur et maître... – Vous avez ces notes ?... – Nous les avons. Elles ont été photographiées par notre agent directement de la machine à écrire du maître. – C'est bon », interrompt une voix enrouée dans la pénombre, tandis qu'on voit Brecht lâcher les rames, bondir, perdre sa casquette (elle reste immobile sur l'eau) et saisir les bras de Maria Eich qui veut cacher les feuillets derrière son dos. Des feuilles s'éparpillent au soleil, s'éloignent de la barque, prises dans les miroitements de roseaux. On murmure au fond de la salle : « Vous laisserez ça sur mon bureau, le rapport. On l'envoie à Moscou... »

La barque dérive. Maria, lunettes ôtées, écarte ses cheveux de son visage. Brecht déplie un feuillet imbibé d'eau au fond de la barque, à quatre pattes. Oui, Brecht tente encore de ramasser les feuillets qui flottent telles des fleurs de nénuphar. Maria nage, s'amuse. La radiation douce des ombres des sapins. Brecht reprend les rames tandis qu'une jeune femme en maillot de bain disparaît dans les ombres. Debout, Brecht entretient la perplexité d'un moment vide. Le paysage vibre. La tête de Maria resurgit dans l'obscurité scintillante et les feuillages de l'embarcadère. La tête de Maria, rieuse, disparaît une nouvelle fois dans les rayures d'une image saturée de soleil. La pellicule qui casse...

Plus tard, quand on remit en marche le projecteur, ce fut comme un autre film. Les feuillets avaient disparu, rien n'avait eu lieu, le lac était redevenu un miroir au soleil, vide, dans le coin supérieur gauche de l'écran une femme nageait. Puis, dans la coupe d'un autre plan, on voyait ses cils noirs encore humides, emmêlés, et Hans dit :

– Ce fut filmé plus tard dans la journée.

On ralluma dans la pièce emplie d'uniformes.

Wilhelm Prachko, du groupe 4 de la Stasi, écoutait le rapport de Hans Trow :

– Maria Eich a joué des comédies amusantes à Vienne et n'est pas préparée aux tensions que nous vivons. Mais elle nous a régulièrement donné des rapports très fiables. Elle déteste cette dramaturgie brechtienne qui croit à une ère scientifique appliquée à la littérature.

Hans Trow ajouta :

– Elle a toujours cru que le théâtre n'était qu'une suite de passes magnétiques, un art de magicien ou de fakir... En cela, elle n'est qu'une délicieuse comédienne viennoise de fin d'Empire qui attend des scènes d'amour, de nobles exploits, des soupirs ardents de princes charmants.

Il y eut encore une discussion sur les procédures lentes et éprouvantes pour les pensions payées aux combattants d'Espagne. Les uniformes se levèrent et quittèrent la salle en bavardant.

– Où est-elle ? interrompit Wilhelm Prachko.

– Dans son appartement de la Schumannstrasse, dit Hans Trow.

– Occupez-vous d'elle.

14

La veille de son retour automnal à Berlin, Brecht était sorti avant le jour. Lac gris et morne. Le brouillard se dissipait, les pins apparurent. Brecht arrosa les rosiers. Vêtu de son vieil imper froissé, de ses sandalettes de plage avachies, il posa l'arrosoir. Il regarda le lac.

Hélène apparut, descendant l'escalier de la grande maison. Elle portait du linge.

– T'es déjà debout ?

– Du mal à dormir...

– Moi aussi.

– Je me demandais comment dire certaines choses à Maria...

Elle apporta deux tasses et le café.

– Si tu ne sais pas comment les dire, ne les dis pas.

Ils burent.

– Elle n'a pas de vraie formation.

– Elle a du charme.

– Bof, soupira Hélène Weigel, qui n'en a pas ?

– Elle a une beauté... intérieure...

Elle fit tinter ses minuscules bracelets en mettant un sucre.

– Pas vu.

Ils marchèrent jusqu'au pavillon bras dessus, bras dessous.

– Elle a fini par se rendre compte qu'elle n'est pas à la hauteur.

– Il est temps.

– Elle a quelque chose.

Silence. Brecht s'assit sur les marches et baissa sa casquette sur son nez.

– Je ne peux pas me débarrasser d'elle d'un cœur léger.

– Alors, garde-la ! Tu lui grattouilleras la tête. D'ailleurs, tu lui grattouilles la tête exactement comme tu faisais avec le bâtard Wriccles à Santa Monica.

– Elle était faite pour Broadway. Une petite chose scintillante pour un théâtre petit-bourgeois.

A neuf heures cinq, Maria sortit en chemisier blanc à pois bleus et short kaki magnifique qui la moulait divinement. Elle planta une pâquerette dans ses cheveux.

Elle s'assit à la table du jardin. Brecht lisait les cours du café et de l'étain dans un journal américain. Il grognait doucement. Apprenait que les pays producteurs de café n'avaient que quatre ou cinq acheteurs mondiaux qui achetaient à des prix trop bas. Et son café du matin était pourtant dégueulasse.

Il lui raconta une curieuse histoire de couple pour lui expliquer ce qu'était la « distanciation ». Une femme menaçait la force de travail de son mari par son égocentrisme. Le mari prit alors la décision de se soustraire à son influence. Mais tout l'art conjugal consistait à prendre cette décision avec légèreté. Rester frais, disponible, attentif, aimable. Plus la décision de se soustraire à la femme était évidente et implacable, plus l'homme se forçait à penser du bien de la jeune femme. Mais il fallait le faire d'une manière objective et donc distanciée, comme on le fait pour des personnes pas particulièrement proches. Au lieu d'être en colère à cause de ses caprices, le mari s'imposa de les justifier et de les approuver. Brecht ajouta :

– Rien n'est plus difficile que de quitter quelqu'un sans le déprécier.

– C'est pour moi que vous dites cela ?

Au milieu de la matinée, Brecht feuilleta un volume des sonnets de Shakespeare.

Puis il rejoignit Maria qui, visage fermé, fixait le lac miroitant là-bas.

– Ça va ?

– Pas trop.

Il n'insista pas.

A midi, à table, tout le monde parla des représentations à Berlin qui n'avaient pas obtenu de très bons échos dans la presse. Il y eut un silence. Des guêpes bourdonnaient autour du compotier.

Dans l'après-midi, Maria fit sa valise et profita de la voiture de Ernst Busch pour rentrer à Berlin.

15

Il y eut un week-end de brume. Berlin dans une soupe jaune. Tout devint squelette, ramures, masses, vapeur, fumée, imprégnation humide, bruits d'ailes, lignes grinçantes, halos, masses énormes tremblées, diffuses qui vous frôlaient. Pendant deux après-midi, Maria entendit Brecht parler de Karl Valentin, ce comique maigre qui avait beaucoup appris sur la pantomime au jeune homme d'Augsbourg, puis il y eut d'interminables répétitions sur une querelle de poissonnières. Brecht conclut de tout ça : On verse des larmes sur nos clowns, on se tient les côtes devant nos tragédiens, le sentiment petit-bourgeois est la mesure de toute chose, bref rien n'a changé, tout est possible, malheureusement...

Puis il y eut du ciel bleu le mercredi. Sa ligne de téléphone fut coupée et Maria eut le sentiment que son appartement avait été visité ; elle trouva dans sa loge un numéro assez ancien du *Neues Deutschland* qui parlait des procès en dénazification et, curieusement, il y avait le nom de son mari et de son père en page quatre, soigneusement pliée. Qui s'était introduit dans sa loge pour glisser le journal ?

Elle sortit pour poster un télégramme d'anniversaire à sa fille qui venait d'avoir six ans. Ruelles humides. Un petit magasin avec des panneaux d'Isorel à la place de vraies vitres semblait à l'abandon. Il y avait un gros chat blanc tout poussiéreux étalé sur des vieilles reliures des comédies de Shakespeare. Le chat blanc releva la tête et suivit des yeux des papiers qui tourbillonnaient dans la ruelle. Maria pénétra dans la boutique pour acheter les reliures mais elles étaient trop chères et elle pensa qu'elle aurait voulu offrir ces volumes, non pas à Brecht mais à Hans Trow, ce qui n'avait aucun sens. Le souvenir du chat qui regardait des papiers tourbillonner la marqua pour plusieurs jours. Signe de sa frivolité. Elle entendit des chants patriotes en longeant un lycée, *Allemagne patrie unie*, *Que le soleil brille*, patati-patata, puis elle traversa une espèce de rempart de béton derrière lequel des uniformes soviétiques se faisaient photographier.

Le soir, elle enfila une robe longue bleu-mauve pailletée, mit du rouge à lèvres, peignit ses ongles, enfila des escarpins, sortit son collier de perles d'un écrin de velours et se rendit à une grande réception chez Pieck pour une remise de décoration à Hanns Eisler, le musicien officiel.

Quand elle gravit les marches du perron et vit tous ces bureaucrates, Maria se sentit mal à l'aise ; on lui offrit une coupe de champagne. Elle l'emporta le long de la baie vitrée, découvrit un terrain militaire. Des bâtiments peints en jaune sourd éclairés par de hauts pylônes d'où semblait tourbillonner un cône de bruine.

On murmurait que les nouveaux services de la Sûreté de l'État s'étaient installés là, ainsi que des services de formation des professeurs pour les écoles de la Police populaire. Elle se sentit ensevelie dans une énième année de guerre, engloutie dans un hiver sans fin, un univers d'uniformes, un univers d'avenues recouvertes de gravats qui ressemblaient à de la cendre, un univers où tout ce qui composait la vie civile, les ordres, les toasts à la paix et à l'amitié des peuples frères, les tampons des services de sécurité, les signatures, les mentions particulières, n'était plus un passage momentanément obligé mais l'inévitable loi d'un monde de peur, de migration sans fin où tout ressemblait à une cantine pour populations affamées. Partout, se dit-elle, nous pataugeons dans la boue, les ruines, la délation. Elle vit s'étendre un pays noir de mica et de cristaux glacés, un monde bâti de planches, de sacs de ciment, pris dans les aboiements, les grillages, les immeubles désaffectés au milieu d'un temps qui n'en finissait pas de tourbillonner et dont jamais on ne se réveillerait.

Ce monde gargouillait dans l'interminable pluie, dans l'interminable pauvreté des slogans. Un monde de fantoches et d'automates, de procès interminables, rapports, commissions, signatures obligatoires, Chambres du peuple, travail pédagogique évalué, instructions, règlements de police criminelle, attentes démasquées, émotions légales, défilés militaires, rassemblements de jeunesse, un univers de pelles, de pioches, de ballast, de travaux forcés, d'inspections et de convictions affirmées sans cesse, chemises et corsages bleus, enfants en rangs, Maria n'en pouvait plus. Elle voulait une île, la mer d'un vert profond, toute l'eau d'une immense vague pour les recouvrir, les grandes balayures d'équinoxe, les grands balancements de l'océan pour oublier.

Les militaires en uniforme formaient comme une ombre autour d'elle, un vague murmure. On parlait de culture musicale, d'article 6, d'incitation au boycottage de la part de l'Ouest.

Embrigader, conclure, triompher. Interminables manifestations de masse, discours à la tribune, lâchers de colombes, slogans énergiquement entonnés, déclarations ronflantes dans des journaux, tracts, langue de bois, extermination des classes bourgeoises, tablées de costumes gris, désignation d'éléments asociaux à éliminer, classes entières d'adolescents qui ânonnent des poèmes optimistes, portraits encadrés sous verre de Staline ou de Wilhelm Pieck. Voilà le monde dans lequel elle évoluait.

Ces femmes en jupes longues défilaient avec une forêt de pancartes. En chemisiers stricts, elles répétaient des slogans optimistes. Maria s'écartait de tous ceux qui, dans les réunions officielles, parlaient à voix basse de ceux qui avaient conclu des compromis douteux avec la petite-bourgeoisie de l'Ouest, tous ces membres du Parti qui traversaient la cour pleine de feuilles mortes et désignaient les toits brillants de pluie de l'Ouest comme si s'y promenaient des araignées géantes. Elle ne répondait plus à ceux qui se mettaient sous la dépendance d'une idée unique qui faussait tous les jugements. Elle restait muette devant ces membres du Parti, trapus, en bras de chemise, bretelles larges, qui se balançaient dans les fauteuils du club de la Mouette, et répétaient des chansons de leur jeunesse communiste. Elle évitait ceux qui prenaient position publiquement pour un camp politique qui n'avait pas été le leur pendant quinze ans. Tout cela la troublait, la rongeait. Elle se posait tant de questions, elle se sentait seule, démunie contre Weigel et contre Brecht, lui qui n'utilisait plus son talent railleur que pour écarter ceux qui avaient envie de lui demander pourquoi il sacrifiait ce talent à une fausse vertu officielle. Tous ces gens qui voulaient avoir une attitude exemplaire et qui sacrifiaient leur sensibilité, leur art, leur délicatesse aux impitoyables intérêts politiques du moment. Elle n'en pouvait plus.

Berlin-Ouest
1952

Dans le petit matin
Les sapins sont de cuivre.
Je les voyais ainsi,
Voilà un demi-siècle
Et deux guerres mondiales
Avec de jeunes yeux.

Bertolt Brecht.

1

LE bureau du capitaine Alan Croyd était situé en angle, au deuxième étage d'une de ces villas qui bordent la Richterstrasse. De la baie vitrée, on jouissait d'une vue superbe sur un ancien champ de courses. C'était devenu un terrain d'entraînement pour les marines et un centre d'approvisionnement en barils d'essence. Sur le vieux stade Hebbel, le quartier général interallié avait installé un centre de ravitaillement avec baraquements aux toits goudronnés emplis de produits de première nécessité pour la population berlinoise, dans l'hypothèse d'un blocus de longue durée.

La villa voisine avec son brun ciment et ses balcons à l'orientale abritait toute la quincaillerie électro-optique de la CIA.

L'ancienne résidence des princes Hardenberg

était occupée par les services d'archives du général Stanley Bay. On y trouvait toute la littérature du renseignement gardée par des officiers quasi à la retraite qui ne lisaient que les pages sportives du *New York Times* et toute la propagande des politiciens de Pankow. Derrière eux, des télex cliquetaient dans une lumière bleutée pour donner des nouvelles de la centrale de Washington DC. Un homme en blouse blanche venait régulièrement arracher les bandes de papier qui n'en finissaient pas de s'enrouler sur le linoléum. Dans la pièce aux murs gris, de l'autre côté du couloir, des bandes magnétiques brunes tournaient avec lenteur et la partie supérieure de cette petite salle était encombrée de tiroirs métalliques dans lesquels étaient rangés tous les négatifs de photographies aériennes de tous les raids aériens qui, de Hambourg à Dresde, avaient réduit l'Allemagne à une série de bandes côtières survolées par des oies sauvages.

Alan Croyd examinait consciencieusement le dossier de Maria Eich au milieu des paperasses et sous une lampe en acier bleu qui éclairait les coupons d'entrée au club de tennis du QG. Le cône de lumière de la lampe de bureau tombait sur une note annexe qui provenait des services britanniques de Vienne installés au Kohlmarkt.

Le capitaine Alan Croyd était plongé dans une méditation si profonde qu'il semblait presque dormir. La note bleue avec ses plis et les traces de carbone tremblait légèrement dans sa main gauche. Cet homme austère au visage grisonnant leva les yeux vers Maria. Un vague relent de cigare montait d'une boîte en fer qui représentait un vieux marin entouré de cachalots, une boîte de métal terne qu'on avait dû gratter avec un canif. Il y avait aussi un manuel de conversation anglo-allemand publié à Zurich en 1933 et une carte rouge du service diplomatique.

Croyd reprit la conversation sur un ton bienveillant et las, comme s'il s'agissait d'une routine, avant de passer à autre chose.

– De quoi parliez-vous avec Brecht ?

– Rien de sérieux.

– Vous voulez dire : rien de politique ?

– Non, rien.

– Mais il avait des conversations sérieuses en votre présence ? Des conversations politiques ?

– Oui, avec Hélène Weigel, avec des assistants, des metteurs en scène.

– Mais pas avec vous ?

– Non, avec moi on parlait de... de choses frivoles...

– Quel genre ?

– Ma toilette, mes jambes.

– Vous étiez son... sa... petite amie... Non ?..

– Je ne sais pas... Je l'ai longtemps imaginé... pas dans les derniers mois...

– Qu'est-ce qu'il disait de nous, les Américains ?

– Il avait gardé de mauvais souvenirs d'Hollywood... Il disait que... je me souviens qu'il disait souvent que les Américains et les Anglais ne savaient pas « terrestriser » l'expérience artistique. Qu'ils mettaient toujours la Bible partout... et que le nouveau théâtre doit « démétaphysiquer ».

– Vous saviez qu'il était convoqué par la Commission des activités anti-américaines ?

– Oui.

– Était-il devenu membre du parti communiste ?

– Je ne crois pas...

– Vous a-t-il parlé de Joe Forster ?

– Non.

Croyd nota quelques mots sur un carnet bleu avec l'emblème de l'aigle américain. Puis il reposa son crayon et sourit à Maria. Il se mit à ouvrir des tiroirs.

– Vous a-t-il parlé de l'acquisition possible d'une maison en Suisse ?

– Jamais.

– Il avait de l'argent sur lui ?

– Un peu.

– Vous n'en êtes pas sûre ?

– Non...

– Il vous a suggéré de quitter le Berliner Ensemble ?

– Non.

– Il vous a suggéré de passer à Berlin-Ouest, et en particulier dans le secteur américain ?

– Non.

– Qui vous l'a suggéré ?

– Personne.

– Et qu'allez-vous faire ?

– Donner des cours d'allemand dans un institut catholique près du Goethe-Park.

– Est-ce que les membres de la commission culturelle étaient inquiets à propos des programmes « artistiques » (il trébucha sur le mot « artistique ») de Bertolt Brecht ?

– Il avait un statut particulier...

– Tout le monde surveillait tout le monde...

– C'est possible... Je ne sais pas...

Une employée du service, en uniforme, apporta un plateau avec une théière en métal jaune usé, des morceaux de sucre posés sur une soucoupe et deux longs gobelets d'un blanc-jaune.

– Est-il allé à Moscou ?

– Non. Je ne crois pas.

Les questions posées par le capitaine Croyd donnaient le sentiment qu'il incitait à ne rien dévoiler de substantiel, comme si, de toute façon, le moindre geste de Brecht, les affaires du Berliner étaient connus depuis si longtemps qu'il suffisait de quelques détails pour compléter la paperasse et lui fournir, sinon du brillant, une apparente exactitude.

– Vous logez où ?

– Dans une petite pension meublée, pas loin de l'église Saint-Thomas. La pension Adler.

Ensuite, il y eut une interminable et fastidieuse conversation au sujet du mari et du père de Maria, sur leur disparition respective et un peu de bluff du capitaine quand il avança qu'il avait un message à leur communiquer pour savoir enfin si Maria était en relation avec eux.

Enfin, Croyd saisit une paire de Ray-Ban sur son bureau, en contempla les verres et dit :

– Vous avez espionné pour cet agent... menti pour lui, risqué votre peau pour lui en quelque sorte, qui était ce Trow ?

Maria se tut.

– ...

– Allons, répondez-moi.

– Quelqu'un de bien. Il faisait le même travail que vous.

– Vraiment ?

– Oui.

– Vraiment !

Devant le mutisme de Maria, Croyd se leva ou plutôt se déplia. Il manipula un petit magnétophone et ses bobines transparentes qui semblaient faire luire un fil transparent. Les bobines s'arrêtèrent.

– Vous avez gardé l'appareil photo qui vous servait à...

– Non.

A vrai dire, pensa Croyd, il y avait sans doute une ferveur patriotique chez cette comédienne, plus intéressante que le simple instinct de conservation. Plusieurs fois Croyd jeta des coups d'œil à Maria qui enfilait son manteau gris-noir à col rond, mais le délicat visage était impassible. Croyd trouva qu'au fond c'était peut-être la nuque qui était la plus attirante... Il la raccompagna dans le couloir, d'une humeur sombre.

Temps maussade, vaste désert, chantiers, baraquements militaires, maçonnerie et vieilles cours pavées. Dans l'après-midi il devait rédiger des câbles et voir si le pool de dactylos de l'armée avait complété les bons dossiers.

2

DANS les mois qui suivirent, Maria Eich fut convoquée six fois par Croyd. La troisième fois, il lui toucha le bras. En général il lui posait les questions en lui tournant le dos et regardait le réseau de nuages qui, à Berlin, s'étendaient avec une amplitude particulière après évaporation des brouillards matinaux.

Les lumières apparaissaient vers six heures du soir ; elles semblaient miraculeusement s'arrêter le long d'un bois de pins ; c'était la zone soviétique. L'haleine froide d'un autre Berlin... La CIA transformerait un jour les courants du ciel, les vents les plus hauts pour les inverser et répandre une sorte de pluie glaciale destinée à noyer les chantiers, les baraquements, les enfants des rues, les soldats soviétiques qui jouaient aux échecs devant des fenêtres à vitraux en ruines...

Au troisième interrogatoire, Croyd posa son carnet, débrancha le magnétophone. Une trouée de soleil dans les nuages éclaira l'immensité berlinoise ; il fit basculer la baie. On entendit la rumeur lointaine du quartier puis les échos de voix dans une cour fermée.

Maria essayait d'expliquer que son mari avait été nazi, que son père avait été un ami de Rudolf Hess et qu'il s'était toujours réjoui de voir les unités blindées allemandes se ruer dans le désert blanc russe, réjoui de voir des milliers de Stukas envahir le ciel européen, ravi de ce grand affrontement qui enfin redonnerait de l'espace vital à un peuple aryen qui avait imaginé l'avenir de manière si grandiose.

– Je l'ai même entendu chanter en poussant son vélo dans l'allée du jardin quand Hitler a parlé sur la Heldenplatz.

– Et ça ne vous gênait pas ?

– Je ne lisais jamais un journal en entier. Uniquement les pages théâtre... et les rubriques astrologiques...

– Et Brecht ? Pourquoi l'aimiez-vous tant ?

– Non, je ne l'aimais pas. Je l'admirais.

– Alors, commençons par le commencement : qui vous a mis en contact ?

Elle raconta. Le sentiment que toute sa génération avait été piétinée par les nazis et que tout avait été si endoctriné. On rencontre peu de vrais génies.

– Où voulez-vous en venir ?

– Brecht est un vrai génie.

Elle s'exalta. Ses joues rosirent. Elle parla de ses chansons, de ses poèmes, du peintre en bâtiment.

– Quel peintre en bâtiment ?

– Brecht appelait Hitler le peintre en bâtiment, dès 1930.

– Pourquoi ? Il était peintre en bâtiment ?

Cette observation dénotait un curieux manque d'intelligence ou, du moins, d'expérience, une très médiocre connaissance du dossier Hitler.

Cela rassura Maria.

– Connaissez-vous la *Chanson du SA* ? demanda-t-elle avec ironie. La *Chanson de l'ennemi de classe* ? Connaissez-vous l'*Éloge de la dialectique* ? Et la *Ballade de l'approbation du monde* ? Voulez-vous que je les chante ?

Sentant qu'elle marquait des points, Maria Eich poursuivit :

– Connaissez-vous « La gloire éteinte de la gigantesque cité de New York » ? ajouta-t-elle.

Devant la surprise de Croyd, elle se mit à réciter très fort :

– « Spécimens d'humanité, qu'on parquait ensemble dans de grands enclos, qu'on nourrissait spécialement et que l'on baignait, que l'on faisait se balancer, afin de fixer sur le film leurs mouvements incomparables, pour toutes les générations futures. »

Il y eut un moment de gêne.

– Merci, dit Croyd.

Il laissa tomber le sachet de thé dans sa tasse. Il trouvait un peu triste que cette petite comédienne affublée d'un si joli corps s'embrase encore pour son alchimiste de Brecht, en même temps il était fasciné par le charme acidulé de cette jeune femme. Elle prenait de l'éclat quand elle chantonnait. Au fond, pensa Croyd, elle est d'accord avec ce qu'ils font. Complètement avec eux.

Il sortit le sachet de thé de sa tasse. Une secrétaire grande et mince apporta une demi-feuille de papier bleu sur laquelle on avait écrit : « Votre femme a téléphoné de New York. »

Croyd tapota pensivement ses lèvres minces sans écouter ce que disait Maria.

– Et ses engagements politiques ? dit Croyd en se raclant la gorge.

A cette question, l'esprit de Maria se bloqua. Elle porta son regard sur Croyd. Lui pensait à « ces adorables petites Viennoises frisottées qui mangent des strudels en chantonnant *Cosi fan tutte* en secouant le balai par la fenêtre ».

Il essaya de l'aider, mais l'inspiration manqua. Il se dit qu'il avait tout le loisir de la reconvoquer. Et il utilisa une de ses formules favorites :

– Je n'ai rien à vous reprocher. Je vous remercie de votre franche coopération.

De ce troisième étage, avec la large vue sur Berlin, on ressent l'aspiration profonde du Temps. Il entraîne cette ville faite de chicanes, de barbelés, d'envols de canards sauvages, de cloches, d'étincelants soleils, de micros, de chantiers, d'hôtels, de façades creusées, d'écritures écorchées. Lettres de pierre. Imprimeries poussiéreuses. Hangars.

A six heures du soir, la secrétaire apporta une autre tasse d'eau chaude. Il fit osciller son sachet de thé au-dessus de la tasse. De la même façon, il tient le fil de la vie de ceux qu'il interroge. Un instant, il est irradié par la grandeur morbide de la ville et par le pouvoir que les barrettes lui confèrent sur ceux qui viennent s'asseoir dans son bureau devant l'agrandissement photographique du secteur américain.

Le sachet de thé tombe dans la tasse.

3

EN juin 53, elle apprit la révolte de Berlin-Est dans les journaux. Le 17, les ouvriers avaient manifesté dans les rues contre la réduction de leurs salaires décidée par le Politburo. Maria monta sur le toit-terrasse de la pension Adler et regarda s'élever les fumées des quartiers nord. Elle apprit que des chars soviétiques avaient pris position à tous les grands carrefours de Berlin-Est et que Lavrenti Béria, le puissant chef de la police soviétique, venu de toute urgence de Moscou, avait ordonné aux troupes soviétiques de se préparer à intervenir tandis que, dans le secteur Ouest, les armées d'occupation française, anglaise et américaine étaient également en état d'alerte, prêtes à intervenir. Brecht, qui répétait *Don Juan*, parla à ses comédiens de ce qui se passait alors que des fusillades et des incendies enfumaient le quartier. Le soir même, il décida de rédiger une lettre de soutien au gouvernement d'Ulbricht.

Puis, quelques jours plus tard, les rues devinrent limpides. Silence. Pavés au soleil. Moineaux.

Les journaux de l'Ouest publièrent la lettre que Brecht avait adressée au camarade Ulbricht : « Je ressens le besoin, à cet instant, de vous dire mon allégeance envers le parti communiste unifié d'Allemagne. » On insinuait que le gouvernement de Pankow avait caviardé le reste de la lettre, plus critique. Dans la pension, on commenta la lettre de Brecht sans savoir que Maria avait été sa maîtresse.

Franchissant le porche de l'institut où elle enseignait, chaque matin, Maria faisait un effort pour ne pas être prise de vertige car elle sentait bien que sa position, qui consistait à révéler ses relations avec Brecht auprès de Croyd, ressemblait à sa vie à elle, une éternelle trahison, mais de quoi ? de qui ? et pourquoi ?

L'hiver vint. Imaginez un soir qui vient vite et fait songer à des tombes. Envol de corneilles. Lac gris puis noir. Manteau sorti d'un placard.

En novembre, un casque blanc de la Military Police vint s'encadrer dans le verre cathédrale du vestibule. Il apportait une nouvelle convocation du QG interallié. L'homme, Harold Gray, apparaissait sous le halo de la lampe extérieure, avec quelque chose d'un peu raide. En revenant dans la salle à manger, Maria se sentit de nouveau menacée. Un des pensionnaires lui demanda :

– Mauvaise nouvelle ?

– Oh non, dit-elle, la routine.

Au cours de cette nuit-là, elle rêva. Elle revoyait le casque blanc de la Military Police approcher du vestibule. Il y avait un silence. Puis Maria ouvrait la porte et ce n'était pas un soldat américain mais un SA cordial, tenant d'une main une bouteille de bière et de l'autre une convocation. Et le SA pénétrait dans la pension, regardait Maria qui s'affolait pour trouver son manteau et ses gants et il lui disait : « C'est pas la peine de t'affoler, la mémé... C'est une simple convocation pour venir manger une oie avec nous ! Une oie matinale-socialiste. Tu verras, elle a toujours aussi bon goût !... Un goût d'avant-guerre ! »

Alors, Maria Eich s'éveilla. Elle entrouvrit la porte-fenêtre qui donnait sur le balcon. Berlin était là, calme, avec un vague scintillement lumineux. Elle se dit que là-bas, de l'autre côté de la ville, Brecht dormait. Lui, il avait connu les débuts de Hitler à Munich. Brecht avait marché dans les rues où ça s'était passé. Brecht savait à quel point la dramaturgie nazie, la théâtralité nazie, avec ses retraites aux flambeaux, ses grands mots, ses défilés énormes, ses chants, ses oriflammes, ses veillées funèbres, avait été efficace. Quel théâtre de l'efficacité, les cérémonies nazies ! Grands mots, grandes estrades, mosaïques d'hommes aux visages radieux, ceux-là mêmes qui avaient été de pauvres chômeurs errants... Brecht savait combien toute cette scénographie avait enthousiasmé le peuple allemand. Oui, Hitler avait été un plus grand scénographe que lui. Bertolt avait vraiment du souci à se faire, il avait passé toutes ses années d'exil à essayer de comprendre comment le « racket émotionnel » du fascisme avait pu aussi bien fonctionner, plaire, entraîner les foules.

Comment ce pur théâtre avait-il si bien séduit les foules ? Quelle intelligence dialectique, quel nouveau théâtre fallait-il opposer pour combattre la théâtralité fasciste, wagnérienne ?

Brecht avait pensé à ça toute sa vie et aujourd'hui il était assis dans une tribune officielle et il regardait des jeunes filles modèles défiler en jupe bleue et chemisier blanc.

Seule sous la lune, Maria Eich pensait à ça. Clarté des lampadaires du quartier, tout est tranquille, tout dort pour quelques heures. Et pourtant, quelque chose de mystérieux bourdonnait. Et si demain ça recommençait ? pensa Maria. Est-ce que Brecht et ses amis, est-ce que leur ironie, leur intelligence raffinée, est-ce qu'ils suffiraient ?

C'était Brecht qui avait dit à Maria : « L'homme vit de sa tête mais ce n'est pas beaucoup. Essayez donc : de votre tête vit tout au plus un pou. »

Maria contempla les grosses villas du quartier sous la lune, elle sentit que sa peur n'était pas dissoute. Elle avait perdu tout optimisme.

4

CROYD examinait une fois de plus le dossier de Maria Eich au milieu des paperasseries qui entouraient sa machine à écrire.

Une fois de plus, Maria constata le contraste énorme entre les uniformes grossièrement teints et recoupés de la police allemande de l'Est, et les impeccables chemises américaines. Il y avait même des lunettes de soleil posées sur le bureau métallique. Froissement des manches de la chemise sur le fauteuil chromé, doigts qui feuilletaient un dossier... Le subtil entrelacs d'encres de couleurs différentes faisait songer à une enluminure médiévale plutôt qu'à un document. Mais ce qui l'étonnait, dans cet amas de papiers, c'était l'apparition de la croix gammée tamponnée, à demi effacée.

Soudain, Croyd pencha son visage, relut quelques lignes en plissant les yeux et sortit de son tiroir une photographie jaune et dentelée.

– Vous le reconnaissez ?

Un jeune homme avec un calot appuyé contre la tourelle d'un char Tigre, en train de fumer une cigarette, souriant, juvénile.

– Oui, c'est mon mari, dit-elle.

– Comment ? dit-il.

– C'est mon mari, dit-elle en forçant sa voix.

Croyd prit la photo pour l'examiner.

– C'était un authentique et foutu nazi...

Maria s'aperçut qu'un nouveau type de magnétophone tournait. Elle comprit pourquoi on lui faisait tout répéter.

– Vous le reconnaissez ?

– Oui, dit Maria. C'est mon mari !

– C'était.

Croyd lui tendit une autre photo.

– On l'a retrouvé mort au Portugal...

– Comment ça ?

– Il s'occupait d'une conserverie de poissons séchés à Nazaré.

– Où ? demanda-t-elle.

– Au Portugal... Nazaré...

Il poussa trois photos brillantes sous les yeux de Maria. Une silhouette épaisse, saisie par le flash, une porte ouverte sur des toilettes. Une chasse d'eau avec un morceau de ficelle à la place de la chaînette, quelque chose qui ressemblait à une étagère avec des produits ménagers et, surtout, le corps bizarrement replié, un médaillon et un visage à demi barbu.

Le stylomine de Croyd barra un mot au dos d'une photo.

– Vous le reconnaissez ?

– Oui, dit Maria. Comment est-il mort ?

– On ne sait pas. Ça vous choque ? demanda-t-il.

– Oui, dit Maria.

Croyd dit :

– Il avait fait pas mal de saloperies, en Hongrie et ailleurs, vous le saviez ?

Les bobines du magnétophone tournaient dans un léger froissement.

Elle savait qu'il avait dressé des listes et fait fusiller des « terroristes ».

Elle se demanda où était Nazaré, comment on pouvait y mourir. Était-ce un petit port de pêche portugais exquis comme on en voit sur des cartes postales ? Ou, au contraire, un endroit lugubre, une côte plate et boueuse avec des ajoncs et des hangars qui puent la poiscaille ?

Croyd semblait attendre, embarrassé. Comme s'il avait une horloge dans la tête et quelques secondes à accorder au désarroi de Maria, puis, ensuite, tennis, piscine, rapports, coups de téléphone à donner...

– Il sera rapatrié ? demanda Maria.

– Il est enterré à Nazaré...

– Ah...

La pluie commençait à ruisseler sur la baie. Elle noyait la ville.

Maria posa la main sur le rebord de la table, au moment même où Croyd se leva et éteignit la lampe. L'entretien était terminé. Il la raccompagna dans le couloir. Le linoléum faisait chuinter les semelles de crêpe. Comme un écho décalé de soi. Elle s'appuya sur une rambarde.

Croyd commençait à lui présenter ses condoléances mais il fut interrompu par un planton qui lui apporta une housse et sa raquette de tennis.

Elle redescendit sans prendre l'ascenseur. Marches de travertin bien propres qui faisaient claquer les talons. C'était pareil aux autres étages. Une grande entreprise qui tournait bien au milieu des coups de téléphone, des portes poussées d'un pied nonchalant, des poubelles barbouillées d'inscriptions au pochoir.

5

ILS étaient assis dans les tribunes du stade Walter-Ulbricht.

Hans Trow observait Théo Pilla qui essayait de glisser une feuille de salade d'un vert éclatant entre deux tranches de pain garnies d'œufs durs.

– Tu es sûr qu'on n'aurait pas eu besoin de cette... Maria Eich... maintenant que Brecht est mort, elle pourrait nous dire des choses, non ?

– Non.

– Tu es sûr ?

– Oui.

Hans Trow précisa :

– On n'en avait plus besoin.

– On n'en a jamais eu besoin.

– Si !

– Tu te fous de moi !

– Non, dit Hans.

– Ça t'a fait de la peine quand elle est partie chez les Amerloques !... boire du Coca...

– Oui.

– Je voudrais éclaircir un point avant de partir pour Moscou, dit Théo. Je voudrais savoir si tu étais vraiment amoureux d'elle.

– Oui.

– J'en étais sûr.

Théo termina son sandwich au pain noir avec un sentiment de réconciliation avec le monde. C'était toujours comme ça quand il mangeait, fini les abîmes de tristesse et les questions dernières. Ils quittèrent les tribunes et marchèrent sur la piste cendrée.

– Dis-moi, reprit-il, je veux encore éclaircir un point.

– Oui.

– Tu es toujours amoureux d'elle ?

– Oui.

– Mais, avec elle, tu as...

– Non.

– Jamais ?

– Non.

Ils sortirent du stade et rejoignirent l'arrêt du tram.

Hans consulta sa montre et remonta le col de sa gabardine. Encore sept minutes. Le tramway serait bondé d'ouvriers.

Dans le compartiment, un peu serrés, Hans se pencha et murmura à Théo : « Maintenant, ne réveille plus de souvenirs et ne fais pas fondre de sucre dans ton café à Moscou, d'accord ? Je ne veux plus que tu prononces le nom de Maria Eich... »

Ils se séparèrent sur l'Alexanderplatz, Hans quitta la ligne 3 en marche et se dirigea vers l'allée du parc où il avait vu Maria pour la dernière fois sans qu'elle le voie. Ici régnaient le silence, des matériaux de construction, du charbon, des clôtures, des baraques. Pas traînant d'une sentinelle qui gardait un réservoir. Il se rendit sur les quais de la Spree. Il marcha longtemps le long de l'eau, portes d'acier géantes d'un combinat, pénétra dans un bistrot, le café du Buffle. Il but trois bières et un schnaps ; ragaillardi, il marcha dans l'ombre du pont voisin.

6

L'ÉTÉ 1954, des notes sont échangées entre la RDA et la RFA et une zone interdite (Sperzone) de cinq kilomètres établie tout au long de la frontière avec la République fédérale allemande.

Maria s'inquiéta. Elle monta avec sa fille dans le train interzone si souvent contrôlé. Deux valises et l'adresse qu'un professeur lui avait donnée. Elle devait se rendre à Pforzheim, dans le Bade-Wurtemberg, il y avait un institut catholique qui avait besoin d'un professeur d'allemand.

Elle monta dans un de ces compartiments bruns et un peu sales avec sa fille qui s'endormit très vite, traversa cette Allemagne aux collines paisibles, aux champs immenses, plats, vaguement ondulés ; on croisait, dans le couchant, des bois, des défenses militaires, des baraquements, des casemates. Son passeport fut régulièrement vérifié par des hommes en imperméables gris et chapeaux bruns. Puis il y eut des projecteurs, d'autres casemates, des uniformes américains et anglais, vérifications de passeport, contenu des valises... Maria vit son passé berlinois s'éloigner après son passé viennois. Ravins et collines, ponts, fleuves, ruines.

Elle eut le sentiment, sous le ciel pâle de Düsseldorf, qu'elle allait enfin se dépouiller de tout désir d'exister. Elle laissait à Berlin tout désir de reconnaissance. Elle abdiquerait son ancien moi et rejoindrait l'anonymat des foules.

Elle regarda flotter le paysage qui lui ressemblait. Fougères à perte de vue, forêts obscures. Désormais, son secret et son anonymat deviendraient ses compagnons de voyage. Elle s'occuperait de sa fille et d'elle-même avec patience et raison.

Elle était plongée dans ce genre de pensée quand elle arriva en gare de Cologne. Elle prit un autre train, plus petit, étroit, avec des grincements de bois. Cœur serré, cœur captif et non plus cœur ardent. Elle atteignit la ville de Pforzheim au milieu de vallons calmes. Elle se sentit revivre dans ce paysage forestier.

Il y eut janvier, février, mars, avril. Temps venteux, temps limpide. Elle s'installa dans une belle maison grise construite dans les années trente, avec un balcon de bois dominant le quartier résidentiel. Sentiment de gratitude. Elle entendait les cloches d'une église. Elle possédait un joli jardin. Elle s'habituait facilement à sa vie de professeur. Longues vacances. Lotte grandissait. Maria acheta une Opel d'occasion. Elle roulait beaucoup le long de ces routes lisses et humides de la Forêt-Noire, vers Schellbronn, Badliebenzell, Calw, Wildberg, Nagold. Elle poussait parfois jusqu'à Tübingen. Là, ferveur devant la tour où le poète Hölderlin avait vécu ses années de folie, de louanges, de cérémonies. Elle ne se sentait plus prisonnière, de rien. Elle n'attendait pas les applaudissements du public. Elle ne cachait plus son visage sous des maquillages. Elle n'était pas hantée par l'idée de construire un personnage ; elle n'était plus serrée par le trac quand elle descendait l'escalier, des coulisses vers le plateau...

A l'institut, elle évitait les conversations personnelles. Elle ne parlait que météo, averses, neige, migration de nuages, gels brusques, premières chaleurs, chaises longues et soirées à bougies. On la croyait passive et un peu sotte ; ses cours prouvaient le contraire. Elle était attentive, précise, drôle, ironique avec ses élèves. Elle parlait davantage des poètes Heine et Hölderlin que des prosateurs. Elle portait toujours le même vieux pull blanc et noir, une jupe grise. Selon certains de ses collègues, elle dégageait quelque chose « entre la chasteté et l'odeur de chlore des piscines ».

Elle commentait rarement les événements, sauf le 14 août 1961, quand les Soviétiques commencèrent à dérouler des barbelés et installer des chevaux de frise, réquisitionnèrent des maçons et murèrent les fenêtres des immeubles. On coupait Berlin en deux. Elle commenta l'événement avec brutalité. Cette « société se nourrissait de la mort ; l'obscurité était sans borne, sans limite et ne finirait jamais ».

Elle semblait insaisissable et quasi muette. Elle nageait, l'été, dans une piscine de Wildbach. Les enfants comme les femmes tiédissaient autour du bassin. Ils étaient fascinés par la blancheur de son dos, les mouvements réguliers de ses bras, la ligne fluide de ses jambes, le fin sillage de bulles qui accompagnait ses pieds. Son dos blanc, étroit, resplendissait quand elle sortait dans la pleine lumière du midi, près du plongeoir, pour s'essuyer. Elle était remarquable, belle, absente.

Le quartier résidentiel et boisé où elle logeait lui convenait. Avec ses maisons massives et calmes, ses jardins bien entretenus, son vallonnement champêtre, ses rues à angle droit, il dégageait quelque chose de serein. Ce quartier n'était troublé que par le passage des Starfighter américains. Reflets de métal, au ras des sapins dans un grondement vite aspiré par les nuages. Il ne subsistait plus alors que le silence, la haie du voisin, les chaises longues, le vélo de Lotte contre le portillon du jardin.

La publication des œuvres complètes de Brecht, chez Suhrkamp, intéressa Maria au plus haut point. Elle feuilleta et acheta les lourds volumes. Ses années de comédienne défilèrent. On ne parlait pas d'elle dans les notes ; elle fut heureuse.

Elle gardait un amour secret qui avait nom Hans Trow. Elle s'en aperçut un soir qu'elle lisait le *Zeit* au bord du Neckar. Page huit, on montrait plusieurs policiers en uniforme, des Vopos. Ils avaient mis au jour l'entrée d'un tunnel à Berlin-Est, dans une cave de restaurant. Il y avait le visage d'un homme en costume civil gris et, sans hésiter, Maria reconnut Hans Trow, son expression de curiosité, la forme un peu fuyante de son menton, un léger sourire. Son ventre se creusa. Elle sentit sa nuque se bloquer. Elle se sentit ouateuse, la bouche sèche. L'après-midi fut noir, obscur, terrible, la soirée interminable, désolée. Elle marcha le long des maisons du quartier puis gravit les collines bleutées mais rien ne la sauva du chagrin. Ses jambes suivaient les ombres. Elle avait perdu en un instant ses habitudes, ses pensées, le sentiment de confiance qu'elle avait péniblement regagné ici, avec ses marches solitaires, ses heures de nage, ses randonnées en voiture le long des routes, tout était fracassé.

Elle se réfugia enfin dans une taverne. Elle but. Pour desserrer l'étreinte, la douleur. Mais il y avait, tapie en elle, depuis si longtemps, une prière jamais exaucée, une prière dont on n'attend plus rien.

Dans les semaines qui suivirent, elle porta une attention plus soutenue aux travaux de ses élèves. Le soir, elle écoutait avidement ce que lui disait Lotte à propos de son baccalauréat.

Au mois d'août suivant, Maria emmena sa fille dans une île de la mer du Nord, Borkum. Elle s'installa dans un petit hôtel avec pension, le Grafwaldersee. Les deux femmes furent rejointes par un grand lycéen blond, Stefan, qui avait, lui aussi, passé son bac avec mention. Il flirtait avec Lotte.

Ciel bleu, vents faibles, grandes balayures de nuages et vagues immenses qui lui rappelaient d'autres étés sans qu'elle cherche à les identifier. Maria feuilletait les journaux, des piles entières, des journaux allemands, autrichiens. Le Mur de Berlin avait eu une curieuse influence sur l'esprit de Maria. Au lieu de rejeter le marxisme, elle s'y intéressa comme on s'intéresse au phylloxéra ou à la gangrène. Elle sentait en elle des forces inhibantes, un état de fermentation psychologique bizarre. Elle n'arrivait pas à s'imaginer la vie des autres. Elle passait ses journées à contempler fixement les familles, à s'interroger sur les liens que les êtres tissaient entre eux. Comment pouvait-on être marié ? Comment pouvait-on parler, se taire, se coucher avec quelqu'un, dire des bêtises, jouer aux cartes, faire des affaires ?

Elle examinait les tablées de jeunes gens aux terrasses de café, un homme qui sifflait son chien, un couple de dames chapeautées qui avançaient sur la digue en se tenant serrées l'une contre l'autre. Oui, elle était sidérée par le spectacle de la vie courante.

Quand elle revint fin août à Pforzheim, sans sa fille, elle retrouva la maison, les couloirs vides, le jardin scintillant et calme, les plantes vertes. Son absence n'avait donc rien changé ?

Un soir, par la fenêtre ouverte, alors qu'elle avait tendu un léger voilage pour éviter les moustiques, elle entendit passer un couple. L'homme parlait tout bas. Elle fut émue.

Les journées, comme les nuits, étaient régulières, infinies, monotones, silencieuses. Maria posait sur la pelouse son sac de sport, enfilait son maillot de bain, plongeait dans la piscine de Wildbach. Elle glissait sous l'eau pour ne pas déranger les ombres et les reflets.

Un dimanche soir, un peu cafardeuse, elle prit une clé plate, monta dans son Opel, prit la direction de l'institut où elle enseignait. Elle ouvrit le portail, ses pieds marchèrent dans des feuilles sèches qui avaient envahi la cour. Il y avait un échafaudage monté le long de l'escalier B. Elle pénétra dans un long vestibule avec sa rangée de patères en cuivre. Dans sa classe, elle ne vit que des tables tubulaires. Son parapluie était là, posé contre l'armoire. L'ombre de la croisée de la fenêtre tombait sur une carte du monde. Elle regarda les bancs vides et régulièrement disposés. Il n'y avait que des fantômes, des fantômes d'élèves, énormément de fantômes.

Sur le tableau noir, on avait dessiné des petits arbres et un gros soleil. Quelqu'un avait essayé d'écrire son prénom à l'envers : samoh... pour Thomas peut-être. Il y avait aussi une boîte de craies avec de la poudre dedans et des ciseaux à bouts ronds.

Elle était sensible à l'odeur d'oubli, contempla, émue, les portraits poussiéreux de Goethe et de Jean-Jacques Rousseau. Tout était à l'abandon, tout était laissé là, l'été devenait l'automne.

Elle s'approcha de l'endroit, près du radiateur, où elle venait régulièrement se placer pendant les interrogations écrites. De cette place, on plongeait dans la cour. Le jour commençait à tomber. Elle découvrit le scintillement clair de la ville en contrebas, quelques immeubles d'affaires, la clarté vaporeuse qui dominait le quartier, les premiers néons allumés.

Il régnait une tranquillité incroyable. L'école entière était immobile, obscure, vaste, vide, étrange, irréelle. Maria en fut calmée. Une fenêtre était restée ouverte, la pluie commença à crépiter dans la cour. Une gouttière dégorgeait plus haut. Mais ici, dans cette salle de classe, on était à l'abri de la violence extérieure, des propagandes, des Starfighter et des notes de Moscou.

Elle demeura un long moment à contempler les dictionnaires, les encyclopédies, les atlas qui encombraient l'encoignure proche du tableau de leurs ombres énormes. Puis elle ouvrit deux boutons de son chemisier et tâta ce petit endroit secret sous le sein. Ici, quelque chose battait, furtif et régulier.

Peut-être avait-elle été incapable de comprendre Brecht et le Berliner... Peut-être son intelligence solitaire était-elle trop étroite, limitée, embrouillée. Avait-elle été présomptueuse ?

L'image d'un arbrisseau à l'ombre du gigantesque chêne la fit sourire. Oui, elle avait espionné non pas « l'homme qu'elle aimait » mais l'homme qui « l'avait fascinée ». Berlin, là-bas, étincelait dans un monde qui lui était totalement étranger. Elle avait l'impression de revenir à elle, lentement, comme une convalescente. Son incapacité de comprendre les enjeux ? Les situations ? Sans doute avait-elle été trop sensible ?

Trop sentimentale ? Mais toute son énergie, son « cœur ardent et pur » avaient abouti à ces soirées moroses. Ronde de nuit, monde fantomatique et apaisé... Pourrait-elle un jour se justifier d'avoir espionné Brecht ?

Depuis si longtemps, son incapacité à comprendre un monde binaire, tranché, dogmatique et froid, l'avait réduite à un fantôme. Elle était une absence au monde. Elle savait qu'ici, au moins, avec ou sans élèves, dans l'été finissant, dans cette taie si mince posée sur le Temps, elle pouvait se débrouiller et même sourire. La violence du monde extérieur n'atteignait pas cette cour.

Elle ressortit, monta dans son Opel, le ciel s'était dégagé. Il subsistait un flot brumeux vers la lisière des sapins.

Elle roula vers le centre-ville. Il n'y avait que la route lisse, les bandes régulières, blanches de chaque côté. Elle flâna dans les allées d'un monde pacifique familier et habitable. Une route, un simple ruban et des traits blancs réguliers fuyaient sur le côté.

Elle ouvrit le portail de sa maison, le jardin sentait bon.

DU MÊME AUTEUR

Romans

LE CONGÉ, Mercure de France, 1965.

ELISABETH SKERLA, Mercure de France, 1967.

UN VOYAGE EN PROVINCE, Mercure de France, 1970.

LES LUMIÈRES DE L'ANTARCTIQUE, Denoël, 1973.

LA VIE COMME ÇA, Denoël, 1974.

BERMUDA, Le Seuil, 1977.

LA NUIT TOMBANTE, Le Seuil, 1978.

JEUNESSE DANS UNE VILLE NORMANDE, Le Seuil, 1981.

EXIT, sous le pseudonyme de Paul Clément, « La Série noire », Gallimard, 1981.

JE TUE À LA CAMPAGNE, sous le pseudonyme de Paul Clément, « La Série Noire », Gallimard, 1982.

ENQUÊTE D'HIVER, Le Seuil, 1984.

L'APRÈS-MIDI, Gallimard, 1987.

L'ADIEU À LA RAISON, Grasset, 1991.

LA PEAU DU MONDE, Le Seuil, 1991.

LE VOYAGE DE HÖLDERLIN EN FRANCE, Le Seuil, 1993.

LES DEUX LÉOPARDS, Le Seuil, 1997.

PROVINCE, Le Seuil, 1997.

L'HOMME DU SILENCE, Le Seuil, 1999.

MA VIE, SON ŒUVRE, Le Seuil, 2001.

Récits

CONFESSIONS D'UN ENFANT GÂTÉ, Le Seuil, prix Roger Nimier 1986.

STENDHAL, 3 JUIN 1819, Jean-Claude Lattès, 1994.

Théâtre

LES SABLES MOUVANTS, Gallimard, 1982.

LA WALDSTEIN, Gallimard, 1984.

LES ENVIRONS DE HEILBRONN, Gallimard, 1989.

LE MAÎTRE NAGEUR, Gallimard, 1989.

SINGE, Gallimard, 1990.

APRÈS NOUS, Gallimard, 1991.

LA MAL DU PAYS, Gallimard, 1992.

PASSIONS SECRÈTES, CRIMES D'AVRIL, Gallimard, prix CIC 1992.

APPASSIONATA, Gallimard, 1993.

LA CLAIRIÈRE, Actes Sud, 1997.

Édition exclusivement réservée aux adhérents du Club
Le Grand Livre du Mois
15, rue des Sablons
75116 Paris
réalisée avec l'autorisation des éditions Albin Michel

Composition I.G.S. - Charente Photogravure
et impression Imprimerie Floch sur Roto-Page
en octobre 2003. — Dépôt légal : août 2003.
N° d'impression : 58483-1.

Imprimé en France